보이
코드

보이 코드

● 모두에게 익숙한 소년과 처음 만나는 나 사이 ●

이진·전건우·정해연·조영주·차무진 지음

생각
학교

차례

"남자 키가 백팔십 센티미터는 돼야지!"

"남자가 왜 이렇게 소극적이야."

"남자애가 이것도 못 해서 되겠어?"

사춘기는 신체의 변화와 함께 마음의 성장도 이루어지는 시기입니다. 청소년들은 이 시기에 '나'는 누구인지, 또 이 드 넓은 세상에서 어떤 사람이 될 수 있을지 스스로 질문하고 답하며 자신의 외연을 넓혀갑니다. 또한 사회화를 통해 성별에 따라 주어진 역할들을 학습합니다. 그러면서 성인이 되어 가죠.

이 과정에서 소년들은 사회가 기대하는 남자다움, 때로는 내면의 압박으로 변하기도 하는 성역할에 대해 고민합니다. 앞서 언급한 저 문장들은 한국의 청소년이라면 누구나 듣게 되는 말들입니다. 뭐가 문제일까 싶겠지만 저 문장들은 남자의 외모, 성격, 능력에 대한 우리 사회의 고정관념을 담고 있습니다.

이 책《보이 코드》는 작가 다섯 명이 각자의 시선으로 남자다움이라는 고정관념의 한계와 그 너머를 상상한 결과입니다. 소년들이 사춘기에 겪는 여러 국면과 서로 다른 인물들을 통해 남자다움과 나다움 사이, 폭력과 권력, 사랑과 정체성 등 다양한 주제를 다뤘습니다. 다섯 편 모두 이번에 새로 집필한 소설을 모아 엮은 것입니다.

첫 번째로 수록된 〈더블〉에서 수혁이라는 소년은 유약한 자신을 억누르기 위해 더 강한 남자가 되려다 공포를 경험합니다. 수혁의 이야기는 남자다움에 대한 강요가 결국 자신을 부정하고, 스스로를 유령으로 만들 수 있다는 사실을 잘 보여주죠.

〈맹금류 오 형제〉는 잘 알려진 만화《독수리 오 형제》의 서사를 오마주(Hommage)하여 공동체에서 남자와 여자를 구분해 왔던 행동 유형들을 비판합니다. 또 청소년들이 사회의 관습적인 성역할을 무조건 따르는 것은 아닌지 살펴보고 비판 없이 추종할 시 나타나는 폭력성과 비합리성을 깨닫게 합니다.

세 번째 작품 〈기둥〉은 현실 속에서 소년들이 느끼는 무거운 짐의 정체를 드러내죠. '나'이기 이전에 '오빠'이자 '아들'로 살아가며 책임감과 부담을 느끼는 한국의 소년들은 어쩌면 모두들 태수와 같은 심정일 듯합니다.

남자다움을 비판만 하는 것은 아닙니다. 세 작품을 통해 문제를 이해했다면, 당연히 그 이후엔 한계 바깥을 상상할 수 있어야겠죠. 다음으로 이어지는 〈소년에겐 아지트가 필요하다〉에는 뀨, 민, 쭌이라는 소년들이 등장합니다. 이 세 소년은 여름방학 동안 '은'이라는 형을 만납니다. 세 소년은 '은'과 아지트 속에서 난생처음 만나는 감정들을 통과합니다. 그러면서 누군가에게 온전히 기대는 법, 또 다른 사람에게 내 어깨를 내어주는 여유를 배웁니다.

마지막으로 우리는 시간을 거슬러 〈정거장에서〉의 영수를 보게 됩니다. 족쇄처럼 느껴지는 남자다움을 내려놓고 자신에게 충실할 때 만나는 영수의 독백은 우리의 삶을 목련이 환하게 빛나는 봄처럼 만들어줍니다.

남자다움이라는 오래된 지도를 떠나 바깥으로 걸어갈 때, 우리는 나다움이라는 새로운 길을 만나게 됩니다. 나다움을 받아들인다는 의미는 결국 각각의 소년들이 자신의 관심사를 찾고, 고유의 감정을 느낄 수 있다는 사실을 의미합니다. 이 책을 통해 이 시대의 청소년들이 사회적 기대에 얽매이는 대신 자신만의 열정과 생각을 추구하고 자신감을 키울 수 있으면 좋겠습니다.

마지막으로 이 책을 읽는 독자들께서 다음과 같은 질문을 던질 수 있기를 바랍니다.

'무엇이 여성적이고, 무엇이 남성적이라는 생각에서 벗어난다면 우리들의 삶은 어떻게 흘러갈까?'

성장이란 어쩌면 남자와 여자라는 이분법을 벗어나 자신만의 다양하고 복잡한 정체성을 이해해가는 과정이 아닐까요? 이 책이 사춘기를 통과하는 소년들에게 응원과 지지가 되기를 바랍니다.

- 이진, 전건우, 정해연, 조영주, 차무진 드림

더블

전건우

무섭다는 말도, 힘들다는 말도 하면 안 된다고,
그렇게 말하는 건 남자답지 못한 거라고 배워왔다.
울고 싶어도 참아야 한다는 말 역시 수백 번은 들었다.
하지만 지금, 수혁은 너무 무섭고 힘들고……
그리고 눈물이 쏟아질 것 같다.

씩씩한 남자가 되길 바라는 어른들의 기대가
내가 원하는 기준인지 궁금할 때가 있습니다.
낡은 보이 코드를 그대로 따르는 우리의 태도는
자신에 대한 폭력이 될 수도 있습니다.

한밤의 공원은 어둡고 조용했다. 바람 부는 소리도 들리지 않았다. 한여름인데도 공기가 서늘해 반소매 아래로 드러난 팔에 오돌토돌 소름이 돋았다. 수혁은 팔을 손바닥으로 쓸어내리며 공원을 가로질러 갔다. 자정이 가까워지고 있었다. 서둘러야 했다. 한 손에 인형을 쥔 채 걸음을 빨리했다.

예상했던 대로 공원 화장실에는 아무도 없었다. 수혁은 핸드폰으로 시간을 확인했다. 밤 열한 시 오십오 분이었다.

됐다. 딱 맞게 도착했다.

늦지 않았다는 안도감이 드는가 하면 한편으로는 집에 돌아가고 싶다는 생각이 점점 커졌다. 하지만 여기까지 온 이상 돌이킬 수 없었다. 그것을 떼어버리지 않으면 안 된다는 걸 수혁 자신이 누구보다 잘 알고 있었다.

화장실 안에 다른 사람이 없는지 한 번 더 확인한 후, 준비해 온 것들을 꺼내 세면대 위에 올려놓았다. 그때 핸드폰이 진동했다. 메시지가 왔다는 알림이었다. 도희가 보내온 메시지였다.

도착했어?

응. 지금 하려는 중.

수혁은 재빨리 답장을 보냈다. 도희도 바로 다른 메시지를 보내왔다.

다시 생각해 봐. 그럴 필요까지 없잖아.

아니야. 난 할 거야. 시간 없어. 나중에 연락할게.

메시지를 보내고 핸드폰을 내려놓았다. 정말로 시간이 없었고, 이제 누가 뭐라고 하건, 계획을 실행해 옮길 생각이었다. 방해받고 싶지 않았다. 다른 사람의 눈치를 보며 전전긍긍하는 건 이제 끝이다. 이 일만 성공한다면 농구부 에이스 이수혁으로 계속해서 멋지게 살아갈 수 있다.

자정이 되기 이 분 전, 수혁은 문구용 칼을 들고 화장실 벽에 붙은 거울을 바라봤다. 거울 속에는 자신의 수척한 얼굴이 불안한 눈빛으로 정면을 바라보고 있었다. 순간 울컥했지만, 수혁은 마음을 다잡았다. 바지를 내리고 허벅지에 칼을 가져다 댔다. 상처를 손바닥에 내는 게 제일 쉽겠지만 그러면 농구할 때 지장이 있다. 이미 머릿속으로 수십 번, 아니 수백 번 고민해 보고 내린 결정이었다.

수혁은 칼을 쥔 손에 힘을 줬다.

그러고는 망설이지 않고 단번에 그었다.

"윽."

날 선 통증이 느껴졌고 뒤이어 상처에서 피가 배어났다. 이번에는 인형을 집어 들었다. 동생 수현이 어릴 때 잘 가지고 놀았지만, 요즘은 아무렇게나 놓아둔 미미 인형이었다. 까맣고 긴 머리카락에 흰색 원피스를 입은 인형. 수혁은 상처에서 흐르는 피를 훔쳐내 미미 인형에 발랐다. 이런 행동을 하는 자신이 못 견디게 끔찍했지만, 어쩔 수 없었다.

도희가 전화를 하는지 핸드폰이 몇 번이나 진동했다. 그러나 수혁은 무시했다. 이제 이 의식의 가장 중요한 부분이 남았기 때문이다. 그걸 해내려면 집중해야 한다.

수혁은 피 묻은 인형을 손에 쥐고서 다시 거울을 바라봤다. 겁에 질린 표정으로 땀을 뻘뻘 흘리는 소년과 눈이 마주

쳤다. 그 소년이 자기인 줄은 알지만, 너무 무서워 눈을 꼭 감아버렸다. 주문을 외기 시작했다.

"거울 귀신님, 거울 귀신님……."

텅 빈 화장실에 수혁의 목소리가 울려 퍼졌다. 그 순간 화장실 안의 어둠이 더 짙어졌지만, 눈을 감고 있는 수혁은 알아채지 못했다.

"여기 피를 준비해 당신께 바칩니다. 그러니 제 안에 있는 그것을 이 인형에 넣어 영원히 없애주세요."

수혁은 말하면서 인형을 높이 들었다. 눈도 떴다. 피가 잔뜩 묻은 미미 인형은 기괴하고 섬뜩해 보였다. 무엇보다 더 무서운 건 인형이 몸을 부르르 떨었다는 사실이었다. 마치 살아 있기라도 한 것처럼. 그 탓에 수혁은 하마터면 인형을 놓칠 뻔했다. 인형을 손으로 꽉 잡고 주문의 마지막 부분을 크게 외쳤다.

"그렇게만 해주신다면 거울 귀신님 당신께 더 많은 피를 드리겠습니다!"

바로 그때였다.

쩡! 소리와 함께 거울에 금이 갔다. 마치 누군가가 거울을 내려친 듯, 아니…… 아니다. 수혁은 생각했다. 거울 안의 무언가가 튀어나온 거라고.

　가운데 부분부터 금이 가기 시작한 거울은 흉측한 모양으로 갈라졌다. 거미줄처럼 뻗어나간 금 사이사이마다 수혁의 얼굴이 비쳤다. 거울 속 얼굴은 분명히 웃고 있었다.

　수혁은 비명이 터져 나오려는 걸 간신히 참으며 의식의 마지막 단계를 위해 라이터를 들었다. 이제 인형을 태우기만 하면 끝난다. 인터넷에 올라온 설명에 따르면 인형을 완벽하게 태우는 것이 중요하다고 했다.

　"됐어. 이제 마지막이야."

　소리 내 중얼거리면서 라이터를 당겼다. 작고 푸르스름한 불꽃이 피어올랐다. 라이터 주위로 빛의 동심원이 생겼고, 그 덕분에 미미 인형의 모습을 더 자세히 볼 수 있었다. 인형의 표정은 마치 서늘한 눈빛으로 수혁을 노려보는 것 같았다. 잠시 움찔했으나 용기를 내 라이터를 인형 가까이 댔다. 왼팔에 불길이 닿자 가느다란 손가락부터 타들어 가기 시작했다. 그 순간 날카로운 비명이 수혁의 귓속으로 날아들었다.

으아아!

그것은 미미 인형이 내지르는 비명이었다. 수혁은 너무 놀라 인형을 내려다봤다. 미미 인형은 고통에 찬 목소리로 다시 외쳤다. 수혁을 똑바로 노려보면서.

죽기 싫어! 사라지기 싫어! 너무 아파. 으아아!

"으악!"

수혁은 비명과 함께 인형을 던져버렸다. 더러운 세면대에 처박힌 인형은 꿈틀거리며 몸을 뒤틀었다. 그 모습을 뒤로하고 돌아섰다. 도저히 더는 견딜 수가 없었다. 미미 인형이 획하고 얼굴로 덮쳐올 것만 같았다. 수혁은 뒤도 돌아보지 않고 화장실 밖으로 도망쳤다. 집까지 쉬지 않고 달렸다. 하지만 그 소리가 계속해서 귓가에 울렸다.

죽기 싫어! 사라지기 싫어! 너무 아파. 으아아!

* * *

수혁의 비밀을 아는 사람은 단 한 명, 김도희뿐이다. 초등학교 이 학년 때 만나 중학교 삼 학년이 된 지금까지 친구로 지내고 있으니, 도희는 단연 베스트 프렌드라 부를만하다. 친구들은 수혁과 도희가 사귀는 사이라고 생각하지만, 그건 절대 아니다. 수혁에게 있어 도희는 부모님에게도 말하지 못할 비밀을 털어놓는 가장 믿을만한 친구이다. 그렇기 때문에 수혁은 거울 귀신 의식에 대해서도 도희에게 전부 말했다.

"왜 연락을 씹어? 어제 어떻게 됐어?"

학교에서 수혁을 만난 도희가 다짜고짜 이렇게 물은 건 그런 이유 때문이었다. 수혁은 아침 연습을 위해 체육관으로 가는 길이었다. 아무래도 도희는 수혁이 등교하기만을 기다린 것 같았다.

"미, 미안해. 너무 피곤해서 바로 잤거든."

수혁은 더듬거리며 조용히 말했다. 도희 앞에서는 일부러 센척하지 않아도 된다. 그것만으로도 수혁은 마음이 편했다. 농구부의 호랑이 주장이라는 가면을, 적어도 도희 앞에서는 쓸 필요가 없었다.

"좋아. 그건 그렇고, 성공한 거야?"

도희가 다시 물었다. 다른 사람이 들을세라 목소리를 낮추면서. 물론 주위에는 아무도 없었다.

"그게…… 잘은 모르겠는데, 일단 성공한 것 같긴 해."

수혁의 말에 도희가 눈을 동그랗게 떴다.

"정말? 그럼, 이제는 그런 생각이 안 들어?"

"응."

수혁은 살며시 고개를 끄덕였다.

"헐. 대박. 거울 귀신이 진짜였다니……."

도희는 믿기지 않는다는 표정으로 수혁을 올려다봤다. 도희도 키가 작은 편은 아니지만 벌써 백팔십오 센티미터를 넘은 수혁과는 견줄 수가 없었다. 농구부 감독이기도 한 체육부장 선생님은 수혁이 앞으로 더 클 거라고 했다. 그리고 지금 실력 정도면 고등학교에서도 에이스로 뛸 수 있을 거라고도 했다. 수혁도 물론 농구를 좋아했다. 조금 더 크고 근력도 더 붙는다면 꼭 덩크도 하고 싶었다. 하지만 수혁에게는 더 간절한 것이 있었다. 그것 때문에 결국 거울 귀신 의식까지 치르게 되었으니까.

"난 될 줄 알았어. 아니, 꼭 잘 돼야만 했어."

거울 귀신 의식을 알아낸 사람은 수혁이었다. 일주일 전, 누군가가 인터넷 커뮤니티에 올려놓은 게시물을 봤다. 게시물 제목은 '내 안의 잘못된 나 꺼내는 방법'이었다. 클릭해 보니 이런 내용이 들어있었다. 거울 귀신에게 빌면 내 안의 다른 정체성을 꺼내서 영원히 버릴 수 있다고. 그 게시물 밑에는 엄청나게 많은 댓글이 달렸다. 대부분 비난하는 댓글이었다. 당연한 일이다. 성정체성을 찾으려는 사람들이 모인 커뮤니티에 그런 글을 올렸으니. 게다가 거울 귀신에게 빈다는 허무맹랑한 내용으로. 하지만 수혁은 그 말에 혹했다. 말이 안 된다고 생각하면서도, 말이 되길 비는 마음이었다. 그만큼 절실했다. 자기 안의 '여성'을 지우는 일이.

"그럼, 다행이라고 해야 하나?"

도희가 조심스레 물었다.

"다행…… 이지."

수혁이 그렇게 대답했을 때였다. 뒤에서 우렁찬 인사가 들려왔다.

"선배님. 안녕하십니까?"

농구부 후배들이었다. 수혁은 뒤를 돌아보고 인상을 팍 썼다. 그러고는 일부러 목소리를 잔뜩 낮춰 말했다.

"왜 늦었어? 나보다 일찍 오라고 했잖아!"

"죄송합니다!"

후배들은 고개를 푹 숙인 후 허둥지둥 체육관으로 달려갔다. 수혁은 내심 안도했다. 무서운 표정을 짓는 것도, 거칠게 말하는 것도 자연스러웠다. 어색하지 않았다.

"일단 연습부터 해. 나중에 더 이야기하자."

도희가 말했다.

"알았어. 나중에 봐."

수혁은 손을 들어 인사를 하다가 아차 싶었다. 친구에게 손을 흔드는 건 남자다운 모습이 아니다. 그냥 고개만 까딱하면 된다. 앞으로는 더 신경 써야겠다고 생각하며 체육관 쪽으로 돌아섰다. 이런 생각이 드는 것도 다 자기 안의 나쁜 정체성이 사라진 덕분인 것 같아 마음이 놓였다.

*＊＊

뭔가 이상하다고 생각한 건 초등학교 육 학년 때부터였다. 수혁은 자기가 여성이 아니라 남성이라는 사실이 혼란스러웠다. 자신이 인지한 성정체성과는 다른 신체 발달에 도저히 적응할 수 없었다. 그렇다고 부모님께 고민을 털어놓을 수는 없는 노릇이었다. 부모님, 특히 아빠는 수혁이 남자답기를 바랐다. 농구를 시작한 것도 아빠의 권유 때문이었다.

"남자라면 운동 하나쯤은 해야지."

그렇게 배우기 시작한 농구는 꽤 재미있었다. 실력도 쑥쑥 늘었다. 하지만 그것과 비례해서 수혁의 고민도 점점 커졌다. 농구만큼 좋은 다른 것들이 있었기 때문이다. 예를 들면 예쁘고 멋진 옷을 골라 이것저것 입어본다거나, 환하게 핀 꽃들을 구경하는 일 같은, 아빠라면 대번에 '여자 같은 짓'이라고 할만한 것들도 수혁의 관심을 끌었다.

물론 수혁은 잘 알고 있었다. 자기가 꾸미거나 꽃구경을 농구만큼이나 좋아한다고 말하면 친구들은 곧바로 '게이'라고 놀릴 것이다. 그건 큰일이었다. 수혁은 철저히 숨겼다. 일부러 더 무뚝뚝하고 거칠게 굴었다. 그때마다 주위에서 남자답다는 칭찬을 들었다. 수혁은 갈수록 알 수가 없었다. 어떤 게 남자다운 것이고, 어떤 게 여자다운 것인지. 그리고 자신은 과연 어느 쪽인지…….

한동안 계속 혼자 끙끙 앓던 수혁은 결국 도희에게 고민을 털어놓았다. 작년의 일이다. 수혁의 고백에 도희는 가만히 고개를 끄덕이더니 이렇게 말했다.

"남성인지 여성인지는 몰라도 네가 이수혁이라는 건 변함없잖아."

수혁은 도희가 호들갑을 떨지 않아서 좋았다. 괜히 오버하며 걱정해 주지 않는 것도 좋았고, 쓸데없이 눈물 흘리며 위로하지 않는 것도 좋았다. 나중에 더 이야기를 나누었을 때 도희는 이미 어렴풋이 짐작하고 있었다고 말해주었다.

"야! 우리가 알고 지낸 게 몇 년이냐? 넌 내 앞에서는 편하게 말하고 행동하잖아. 그럴 때 보면 넌 상남자하고는 한참 거리가 멀어. 그리고 그러지 않을 때 더 행복해 보여."

알고 있었다. 수혁이 누구보다 제일 잘 알고 있었다. 자신 안에 숨은 여성이라는 정체성을 꺼내 보일 때 행복하다는 것을. 하지만…… 여성스러운 수혁의 모습은 가족, 친구는 물론 그 누구도 원하지 않는다. 수혁은 그것 역시 잘 알고 있었다. 그래서 괴로웠고, 그랬기에 내린 결론이 바로 거울 귀신 의식이었다. 여성이라는 나쁜 정체성을 버리는 것. 목사님이 말씀하셨지 않은가. 자기 육체와 다른 성이 되고 싶다는 욕망 자체가 사탄이 심어놓은 나쁜 생각이라고.

＊＊＊

점심시간이 되었다. 수혁은 급식을 먹은 후 책상에 엎드려 있었다. 급식은 절반 이상 남겼다. 입맛이 없고 그저 졸음만 쏟아질 뿐이었다. 간밤에 잠을 설쳤으니 어쩌면 당연한 일이다. 마침 수혁의 자리는 창가였고, 창문을 통해 따뜻한 오후의 햇살이 비쳐 들고 있었다. 낮잠 한숨 자기에 최적의 상황이다.

수혁은 엎드린 채로 눈을 감았다. 졸음이 막 몰려왔다. 딱히 저항할 생각도 없어서 금세 잠에 빠져들었다. 그런데 얼마 안 가 귀에 거슬리는 소리가 들렸다.

끼기긱.

설핏 들었던 잠에서 깨고 말았다.

'뭐지?'

잠결에도 궁금증이 일었다. 잔뜩 녹슨 뚜껑이나 문을 억지로 여는 것 같은 소리였다. 짐작대로라면 그 소리를 낼만한 건 창문밖에 없었다. 삼 층이라 위험하다며 선생님들이 절대로 열지 말라고 하는 창문.

'창문?'

수혁은 천천히 고개를 들었다. 수혁의 자리 바로 옆 창문이 조금씩 열리고 있었다. 끼기긱 소름 끼치는 소리와 함께.

곧 수혁의 눈에 믿을 수 없는 광경이 들어왔다. 누군가가 창문으로 얼굴을 들이밀고 있었다. 치렁치렁 늘어진 길고 검은 머리카락이 얼굴을 가린 여자였다. 그 여자는 가느다란 손가락을 밀어 넣어 창문을 더 열었다. 끔찍한 소리가 울려 퍼졌다.

끼기긱 끼기긱.

"으악!"

수혁은 비명을 지르며 깨어났다. 꿈이었다. 교실에 있던 같은 반 친구들이 놀란 표정으로 수혁을 바라봤다. 재빨리 창문으로 고개를 돌렸다. 다행히 창문은 꼭 닫혀있었다. 수혁은 거칠게 숨을 몰아쉬었다. 꿈이 너무나 생생해 머릿속에서 떠나지 않았다. 머리카락을 늘어뜨린 여자는 마치…….

"괜찮아?"

반장이 조심스럽게 물었다. 수혁은 그제야 현실로 돌아왔다.

"괜찮으니까, 신경 꺼."

애써 퉁명스럽게 한마디를 던진 후 수혁은 자리에서 일어났다. 마침 오 교시를 알리는 종소리가 들렸지만 그대로 교실을 나갔다. 화장실에 가서 세수라도 할 생각이었다. 그렇게 하지 않으면 정신을 차릴 수 없을 것 같았다. 심장은 여전히 쿵쿵 거세게 뛰고 있었다.

아무도 없는 화장실에 들어간 수혁은 세면대에 물을 틀어 놓고 그 앞에 멍하니 서있었다. 식은땀을 흘리는 자기 모습이 거울 속에 비쳐 보였다. 왠지 그 얼굴이 낯설게 느껴졌다.

"별일 아니야."

수혁은 거울을 들여다보며 중얼거렸다. 어젯밤 그 의식 때문에 악몽을 꾼 게 틀림없었다. 단지 그뿐이다. 무서웠던 기억 따위는 잊으면 된다. 남자답게 훌훌 털어버리는 것이다. 이런 생각을 하며 수혁은 세수를 했다. 차가운 물이 얼굴에 닿자 확실히 정신이 번쩍 들었다. 몇 번이나 더 물을 끼얹은 후 고개를 들었다. 거울 속 수혁은 조금 전보다 훨씬 생기 있어 보였다.

그때였다.

등 뒤에서 시선이 느껴졌다. 수혁은 홱 고개를 돌렸다. 화장실은 텅 빈 그대로였다. 지금쯤 친구들은 오 교시 수업을 듣고 있을 것이다. 여기엔 아무도 없는 게 맞다. 하지만 분명 시선을 느꼈고, 차디찬 그 느낌이 너무도 생생했다. 수혁은 세면대에서 대각선 뒤편으로 나란히 있는 세 칸의 화장실 문을 노려봤다. 첫 번째와 두 번째 칸은 문이 활짝 열려있었지만, 맨 마지막 세 번째 칸은 삼분의 일쯤이 닫힌 상태였다. 그곳을 향해 천천히 발걸음을 옮겼다.

"누구야?"

큰 소리를 내려고 했지만 목소리가 잠겼다. 긴장한 탓인지 입이 말랐다. 마른침을 삼켰다. 심장이 너무 세게 뛰어서 밖으로 튀어나올 것만 같았다. 찬 공기가 떠돌고 있는데도 등은 땀으로 젖었다. 세 번째 칸은 유독 어두웠다. 그곳에만 빛이 들지 않았다. 수혁은 멀찌감치 떨어져서 문만 계속 노려봤다. 안쪽은 어둠이 가득 차 잘 보이지도 않았다.

"누구냐니까?"

거의 혼잣말을 하듯 낮은 소리로 물었다. 아무런 대답도 돌아오지 않았다. 수혁은 용기를 쥐어짜 내 세 번째 칸 문에 손을 가져다 댔다. 잠시 숨을 고른 후 확 밀었다.

끼익.

문이 거슬리는 소리를 내며 활짝 열렸다. 안에는 아무도 없었다. 더러운 낡은 변기만 놓여있을 뿐이었고, 그건 당연한 일이었다. 하지만 당연하지 않은 것도 있었다. 수혁은 변기 옆 바닥에 우수수 떨어져 있는 길고 긴 머리카락을 발견했다.

"윽."

비명이 터져 나오려는 걸 간신히 참으며 화장실에서 뛰쳐

나왔다. 복도는 너무나도 조용했고, 그랬기에 수혁은 아주 작은 그 소리를 똑똑히 들을 수 있었다.

크크.

누군가가 웃고 있었다.
여자 목소리였다.

***

종일 엉망이었다. 오 교시 수업에 늦어서 선생님께 야단을 들었고, 대답을 똑바로 하지 못해 교실 뒤에 서있어야 했다. 가만히 서있으니 어젯밤에 상처를 낸 허벅지가 아파왔다. 아침 훈련을 할 때도 아팠는데 시간이 흐를수록 더 따갑고 쓰렸다. 병원에 갈까 하다가 어쩌다 다쳤는지 둘러댈 말이 없어 억지로 참았다. 하지만 농구부 오후 훈련까지는 힘들 것 같아 못 하겠다고 말했는데, 거기서 사달이 났다. 체육부장 선생님이 발끈한 것이다.

"뭐? 몸이 안 좋아서 훈련을 빠진다고? 사내자식이 그런 정신 상태로 뭘 하겠다는 거야? 농구부 주장이면 주장다워야지! 남자는 말이야, 아프다고 징징대고 그러면 안 되는 거야, 인마!"

어쩔 수 없이 훈련에 참석했다. 화가 났다. 주장다운 게 뭐고, 남자다운 게 뭔지 물어보고 싶었지만 참았다. 물어봐야 돌아올 대답은 뻔했다. 그나마 다행인 건 어제의 의식 덕분에 마음이 괴롭지는 않았다는 사실이다. 수혁은 자신 안의 여성 정체성이 완전히 사라졌다고 믿었다. 이제는 걱정할 필요 없다. 그 생각을 하는 것만으로도 안심이 됐다.

훈련을 끝내고 절뚝거리며 집으로 가는 길에 도희로부터 연락을 받았다.

난 학원 끝나고 집 가. 넌 괜찮아?

괜찮다니까, 몇 번을 말해!

수혁은 괜히 짜증이 나 그렇게 메시지를 보내고는 곧 후회했다.

너희 반 애들이 너 점심시간 때 이상했다던데?

아니야. 낮잠 자다가 꿈 좀 꾼 거야.

지금은 어디?

나도 집 가는 중.

거기서 잠깐 볼까?

'거기'는 동네 입구에 있는 작은 놀이터를 말했다. 수혁과 도희가 음료수 한 캔씩 들고 이런저런 이야기를 나누는 곳이었다. 수혁은 잠시 망설이다가 답장을 보냈다. 허벅지가 아프고 피곤했지만, 도희와 수다를 떨면 한결 기분이 나을 것도 같았다.

콜.

놀이터에 먼저 도착한 수혁은 언제나 그러듯 나무 벤치에 앉았다. 해 질 무렵이라 그런지 놀이터에는 아무도 없었다. 사방이 어두워지고 있었다. 밤이 내려앉기 시작한 놀이터에는 미끄럼틀과 운동기구의 실루엣만 보였다. 바람이 불었다. 나뭇잎이 스스스 소리를 내며 나부꼈다. 한기를 느낀 수혁은 도희에게 다시 메시지를 보냈다.

난 도착. 빨리 와.

답장은 금방 날아왔다.

나도 도착.

수혁은 핸드폰을 손에 쥔 채 고개를 들었다. 저만치 떨어진 놀이터 입구에 누군가가 서있었다. 도희인 것 같은데 어두워서 잘 보이지 않았다. 수혁은 손을 들어 보이며 도희를 불렀다.

"도희야. 여기야."

도희는 움직이지 않았다. 그저 물끄러미 수혁 쪽을 바라보며 서있기만 할 뿐이었다. 아니, 다시 보니 수혁을 뚫어지게 바라보는 것만 같았다. 주위가 점점 더 어두워져 도희의 얼굴을 알아볼 수 없었다. 그때 다시 바람이 불었다. 긴 머리카락이 날렸다.

'머리카락?'

수혁은 움찔했다. 뭔가가 이상했다. 도희는 목덜미까지 오는 단발머리였다. 하지만 어둠 속에 서있는 여자는 머리카락이 길다. 등을 다 덮고 있는 것 같다. 게다가…… 자세히 보니 키가 컸다. 그것도 엄청나게. 거의 수혁 자신과 맞먹을 정도였다.

수혁아.

도희, 아니 낯선 여자가 수혁을 불렀다. 그 목소리만은 익숙했다. 바늘처럼 날카롭고 섬뜩한 목소리. 수혁은 벤치에서 일어날 수밖에 없었다. 여자가 다시 입을 열었다.

수혁아. 왜 날 버린 거니?

그 말이 날아와 수혁을 예리하게 찔렀다.
"뭐, 뭐야? 무슨 말을 하는 거야?"
목소리가 떨렸다. 수혁은 여자에게서 눈을 떼지 않은 채 조금씩 옆으로 움직였다. 여차하면 도망칠 생각이었다. 도희가 아니라는 건 이미 알았다. 목소리를 듣는 순간 바로 알아챘다. 저 멀리 서있는 여자의 목소리는 어젯밤 인형의 그것과 똑같다는 사실을. 어떻게 그 목소리를 잊을까. 간밤에 눈만 감았다 하면 인형이 내질렀던 비명이 생생하게 떠올라 잠을 설쳤는데. 그렇다면 저 여자가 그 인형? 그럴 리는 없는데……. 그런데도 중학교 삼 학년으로서는 도저히 감당할 수 없는 어떤 일이 일어나고 말았다. 그것이 자신 앞에 서있다는 것을 수혁은 직감적으로 알 수 있었다.

수혁아. 넌 내가 싫어?

여자가 다시 물었다. 결코 부드럽고 다정한 질문이 아니었다.

"나, 나는……."

여자가 무슨 말을 하는지 알 수 없었다. 수혁이 대답을 못하고 머뭇거리는 사이, 여자가 천천히 움직였다. 긴 팔을 휘휘 저으며 긴 다리를 성큼성큼 뻗으며 수혁을 향해 다가왔다. 상대가 아무리 여자고, 수혁의 덩치가 크다고 해도 어쨌든 수혁은 미성년자였다. 이 순간에 남자답게 처신할 용기 같은 건 애초에 없었다.

"몰라요!"

수혁은 그렇게 외친 후 주춤주춤 뒤로 물러났다. 그러다가 도망치려고 몸을 확 돌렸는데, 하필이면 그때 벤치 다리에 발이 걸리고 말았다.

"아!"

도망치려고 힘을 줬던 몸을 주체하지 못한 수혁은 그대로 넘어지고 말았다. 허벅지가 찢어질 듯 아팠다. 하지만 주저앉아 있을 수는 없었다. 수혁은 엉거주춤 일어나려 애쓰면서 여자 쪽을 바라봤다. 바로 그때, 여자가 목청이 찢어질 듯 크게 소리를 지르며 달려왔다.

넌 날 못 버려!

엄청나게 빠른 속도였다. 긴 다리를 성큼성큼 움직이며 순식간에 거리를 좁혀왔다.

"으아아!"

수혁은 벌떡 일어나 도망치기 시작했다. 뒤도 돌아보지 않았다. 그럴 여유라고는 없었다. 여자가 금방이라도 수혁의 어깨를 붙잡을 것만 같았다. 아니면 등에 멘 가방을 낚아챌 것 같았다. 온 힘을 다해 달렸다. 놀이터를 빠져나와 큰길로 이어지는 골목에 접어들 때까지 속도를 늦추지 않았다. 그런데 골목으로 막 들어선 순간 앞에서 누군가가 튀어나왔다.

"으악!"

수혁은 비명을 지르며 멈춰 섰다. 도희가 놀란 표정으로 서있었다.

"깜짝이야. 너 뭐야? 왜 이래?"

"아, 아니. 그게 아니고……."

더듬더듬 말하며 뒤를 돌아봤다. 어느새 여자는 사라지고 없었다. 주위를 둘러봤다. 어둠뿐이었다. 수혁은 안도의 한숨을 내쉬면서도 속으로는 불안감을 모두 떨쳐내지 못했다. 여자가 언제 어디서 다시 나타날지 알 수 없었다.

"너 표정이 꼭 귀신이라도 본 사람 같아."

도희가 말했다.

"귀신?"

수혁은 귀신이라는 말에 정신이 번쩍 들었다.

"땀도 엄청나게 흘리고……."

"일단 밝은 데로 가자. 가서 다 말해줄게!"

도희의 손을 잡아끌며 수혁은 무작정 달렸다. 도희는 당황하면서도 순순히 수혁의 뒤를 따랐다. 잠시 후 둘은 편의점 앞에 도착했다. 수혁은 야외 테이블에 가방을 내려놓은 뒤 거의 쓰러지듯 주저앉았다. 플라스틱 의자가 삐걱 소리를 냈다. 그런 수혁을 보며 도희가 말했다.

"마실 것 좀 사 올게."

"아냐! 가지 말고 있어."

화들짝 놀라는 수혁이 아무래도 이상했는지 도희는 맞은 편 의자에 앉았다. 그러고는 목소리를 낮춰 물었다.

"진짜 무슨 일이 있었던 거야? 혹시 거울 귀신 의식하고 관련이 있어?"

도희의 말에 수혁은 깜짝 놀라 되물었다.

"그, 그걸 어떻게 알아?"

"어떻게 알긴. 검색을 해봤으니까 알지!"

답답하다는 듯 말하는 도희를 향해 수혁은 다시 물었다.

"검색? 뭘 찾았는데?"

"그 의식이라는 거…… 진짜 위험하다고 그러더라. 원래 귀신한테 아무거나 빌면 안 된대. 의식을 제대로 못 하면 엄청 안 좋은 일이 생긴다고도 그랬어. 말해봐. 어젯밤에 무슨 일이 있었는지."

"그게 사실은…….'"

수혁은 어젯밤부터 방금까지 있었던 모든 일을 도희에게

다 털어놓았다. 이야기를 들은 도희의 얼굴은 점점 어두워지다가, 마지막에 이르러서는 겁에 질린 표정으로 결국 눈물까지 글썽거렸다.

"그 여자 얼굴은 봤어?"

도희가 떨리는 목소리로 물었다.

"아니. 못 봤어. 너무 무서워서 도망치기 바빴지."

"얼른 어른들한테 말하자. 너희 부모님께 먼저 말씀드려야 해!"

"안 돼! 그건 절대 안 되는 거 너도 알잖아?"

수혁은 펄쩍 뛰었다. 누구에게도, 특히 부모님에게는 자신이 트랜스젠더라는 사실을 말할 수 없었다. 사실 트랜스젠더라는 단어를 떠올리는 것조차 불편했다. 인정하고 싶지 않은 마음과 인정할 수밖에 없는 마음이 부딪쳤고, 그때마다 수혁의 마음에는 멍이 들었다. 자신이 비정상이라는 생각에 잠을 설치기도 했다. 세상을 원망도 했다. 그랬기에 무슨 수를 쓰든 여성의 정체성을 버리고 싶었다. 아빠와 엄마가 원하는 대로 남자다운 이수혁으로 살아가고 싶었다.

"그럼 어떻게 할 거야? 계획이 있어?"

도희가 물었다.

"몰라. 일단 그 여자의 정체를 먼저 알아내야 할 것 같아. 귀신이 아닐 수도 있잖아."

"알았어. 나도 도와줄게. 검색은 내 전문이니까 거울 귀신 의식에 대해 더 찾아볼게."

수혁은 말없이 고개만 끄덕였다. 도희가 있어 다행이었다. 이런 끔찍한 상황 속에서 도희마저 없었다면 견디지 못했을 것이다.

"더 어두워지기 전에 집에 가야겠어. 도착하면 연락할게."

수혁이 일어서며 말했다. 편의점에서 집까지는 쉬지 않고 달릴 생각이었다. 집에 가면 안전할 테니까. 이후의 일은 나중에 생각하기로 했다.

"이수혁."

도희가 부드러운 목소리로 불렀다. 수혁은 집 쪽으로 돌아서려다가 멈칫했다.

"응?"

"나한테는 네가 남자인지 여자인지는 중요하지 않아. 넌 그냥 이수혁이야. 내 친구 이수혁. 알지?"

"고마워."

수혁은 진심을 담아 말했다. 도희가 슬쩍 웃었다.

***

집에는 아무도 없었다. 그러고 보니 아빠와 엄마는 부부 동반 모임에 참석하고, 수현은 친구 집에서 자고 온다고 했던 게 기억났다. 밤늦게까지 혼자 있을 생각을 하자 괜히 불안했다. 문이 잘 잠겨있는지 다시 확인했다. 이상 없었다. 수혁은 방에 들어가 가방만 내려놓고 바로 컴퓨터 앞에 앉았다. 거울 귀신 의식에 대해 조사해 볼 생각이었다. 도희에게만 맡겨둘 수는 없었다.

커뮤니티에 올라왔던 글은 이미 삭제된 상태였다. 수혁은 캡처라도 해둘걸 하고 후회했다. 혹시 그 글과 관련해서 다른 게시물은 없는지 찾다가 제목 하나가 눈에 들어왔다.

거울 귀신 그거 조심해라.

수혁은 바로 클릭했다. 천천히 내용을 읽어 내려갔다.

설마 거울 귀신 의식 진짜 해본 사람은 없겠지. 혹시라도 그걸로 잘 못된 나를 꺼낼 수 있다느니 하는 생각은 절대 하지 마라. 타고난 신체와 다른 성정체성을 가진다고 해서 잘못된 것도 아니고, 나쁜 것도 아니다. 그런 걸 다 떠나서 귀신한테 빈다는 것 자체가 엄청 위험한 일이다. 귀신은 절대 인간 좋은 일 안 해준다. 반드시 나쁜 결과가 생긴다는 말이다. 그러니까……

거기까지 읽었을 때였다.

스윽 스윽.

거실에서 이상한 소리가 들렸다. 수혁은 모니터에서 눈을 떼고 고개를 문 쪽으로 돌렸다. 조금 열린 방문 사이로 거실의 어둠이 굼실굼실 밀려들고 있었다. 분명 거실에 불을 켜놓은 채로 들어왔는데…… 지금은 컴컴했다! 게다가 누군가 발을 질질 끌며 걷는 듯한 소리가 또 들렸다.

스윽 스윽.

"엄마? …… 아빠?"

수혁은 천천히 컴퓨터 앞 의자에서 일어났다. 심장이 다시 두근거리기 시작했다.

"수현아?"

대답은 들리지 않았다. 수혁은 거실 쪽을 계속 바라보며 손으로 핸드폰을 집어 들었다. 아빠나 엄마에게 전화를 걸 생각이었다. 그런데 발소리가 갑자기 빨라졌다.

스윽 스윽.

슥.

슥.

슥.

누군가가 빠르게 다가오고 있었다. 곧 문이 벌컥 열렸다. 수혁은 너무 놀라 비명도 지르지 못했다. 열린 방문 옆에 바로 그 여자가 서있었다. 긴 머리카락을 치렁치렁 늘어뜨린 키큰 여자. 이번에도 얼굴은 보이지 않았다. 그럼에도 수혁은 여자가 미소 짓고 있다는 것을 알 수 있었다.

"저, 저리 가!"

역시 목소리가 제대로 나오지 않았다. 숨도 쉬기 힘들었다. 마치 보이지 않는 손이 목을 틀어막고 있는 것만 같았다. 온몸이 덜덜 떨렸다. 머릿속으로 핸드폰이며 마우스 같은 걸 마구 던져야 한다고 생각만 했지, 몸이 움직이질 않았다.

스윽.

여자가 방으로 한 발을 들이밀었다.

"안 돼……."

수혁은 간신히 목소리를 쥐어짜 내 그렇게 말했다. 그게 다였다. 농구부 에이스이자 주장, 남자답고 사내다워 감히 아무도 덤비지 못하는 이수혁이지만, 지금만큼은 손가락 하나까딱할 수 없었다. 그뿐만이 아니었다. 너무 긴장해서 오줌을 지릴 것만 같았다.

여자가 수혁을 향해 천천히 손을 뻗었다. 길고 긴 손가락이 수혁을 가리켰다. 한참 그러고 서있던 여자는 특유의 거슬리는 목소리로 물었다.

왜 날 버렸어? 왜?

무슨 뜻인지 알 수 없었다. 모르니 더 답답했고, 그래서 더무서웠다. 수혁은 더듬거리며 대답했다.
"누군지 몰라도 전 버린 적 없어요."

누군지 모른다고?

여자의 목소리가 한 톤 높아졌다. 그만큼 더 섬뜩하게 들렸다.
"네, 네. 몰라요. 전 아무것도 몰라요!"

그렇지 않을걸. 크크.

여자는 웃으면서 스윽 스윽 다가왔다. 수혁은 그제야 똑똑히 볼 수 있었다. 여자의 손과 팔에 있는 화상 흉터를.

'혹시 인형을 제대로 태우지 않아서 저주받는 걸까?'

수혁의 머릿속에 순간, 이 생각이 떠올랐다.

여자는 어느새 거리를 좁혀와 수혁의 바로 앞에 섰다. 역시 수혁의 키와 비슷했다. 지금은 수혁이 책상 밑으로 거의 파묻힐 듯 다리를 굽히고 있어서 여자가 내려다보는 상황이다. 검고 긴 머리카락 사이로 언뜻언뜻 여자의 얼굴이 보이는 듯도 했다. 수혁은 똑바로 올려다볼 수 없었다. 혹시나 여자와 눈이 마주칠까 봐 심장이 터질 것 같았다.

여자가 허리를 숙였다. 축축한 머리카락이 수혁의 얼굴에 닿았다. 수혁은 눈을 질끈 감았다. 으으으. 신음만 새어 나왔다. 여자는 수혁의 귀에 대고 속삭였다. 키득키득 웃으면서.

넌 날 버릴 수 없어. 크크.

여자의 서늘한 목소리가 수혁의 귓속으로 파고든 순간,

핸드폰이 진동했다.

지이잉.

손안에서 핸드폰이 부르르 떨어대자 퍼뜩 정신이 돌아왔다. 얼어붙어 꼼짝 못 하던 몸도 움직일 수 있게 됐다. 무엇보다 살아야겠다는 의지가 샘솟아 공포심을 누를 수 있었다. 수혁은 벌떡 일어나며 여자를 힘껏 밀쳤다.

"이 얏!"

수혁의 공격에 여자는 균형을 잃고 비틀거렸다. 수혁은 그 틈을 놓치지 않고 거실로 내달렸다. 뒤에서 쫓아오는 소리가 들렸다.

슥 슥 슥 슥.

현관까지 갈 시간이 없었다. 수혁은 맞은편에 있는 안방으로 달려 들어간 후 바로 문을 닫고 잠갔다.

쾅!

문이 큰 소리를 내며 부르르 떨었다. 여자가 문을 세게 내려친 것이다. 수혁은 침대 옆으로 가면서도 방문을 바라봤다. 그런데 웬일인지 밖이 잠잠해졌다. 아무런 소리도 들리지 않았다. 그제야 수혁은 손안에서 핸드폰이 계속 진동하는 걸 알아채고 핸드폰을 확인했다. 도희에게서 온 전화였다.

"여보세요?"

수혁은 목소리를 잔뜩 낮춰 전화를 받았다.

"너 목소리가 왜 그래? 무슨 일 있어?"

도희는 대번에 이상을 눈치채고 물었다.

"그, 그게…… 여자가, 그 여자가 지금 우리 집에 있어!"

수혁은 전화 통화를 하면서도 방문에서 눈을 떼지 않았다. 아직은 괜찮다. 아직은…….

"뭐? 너 괜찮아?"

도희 목소리가 아득히 먼 곳에서 들리는 것만 같았다.

"지금 안방에 숨어있는데 그 여자가 곧 들어올 것 같아. 도희야. 나 무서워 죽을 것 같아."

무섭다는 말도, 힘들다는 말도 하면 안 된다고, 그렇게 말하는 건 남자답지 못한 거라고 배워왔다. 울고 싶어도 참아야 한다는 말 역시 수백 번은 들었다. 하지만 지금, 수혁은 너무 무섭고 힘들고…… 그리고 눈물이 쏟아질 것 같다. 어젯밤 그 고생을 하며 거울 귀신 의식을 했는데도 남자다워지지 못한 것일까. 남자라면 이런 상황에서도 정말로 의연해야 하는 걸까.

"수혁아. 잘 들어. 검색해 봤는데 거울 귀신 의식 말이야, 그게 정체성을 없애는 게 아니래! 더블이라고, 또 다른 나를 만들어내는 거래!"

도희의 말이 귓가에서 웅웅 울렸다.

"더블?"

"응. 더블이 뭐냐면⋯⋯."

쿵!

갑자기 들려온 크고 묵직한 소리에 수혁은 화들짝 놀라 핸드폰을 떨어뜨렸다. 방문 가운데가 쩍 갈라졌다.

쿵!

소리가 또 들렸다. 이번에는 갈라진 틈에 큰 구멍이 뚫렸다. 그 사이로 소화기를 든 여자의 모습이 보였다. 여자는 미친 듯이 소화기를 휘둘러 문을 때려대고 있었다.

쿵!

쿵!

쿵!

소리가 날 때마다 문에 뚫린 구멍이 점차 커졌다. 여자가 방 안으로 들어오는 건 시간문제였다. 공포심에 꼼짝도 못 한 수혁은 한 가지 생각만 했다.

죽는다⋯⋯ 죽고 만다.

여자가 노리는 건 자신의 목숨이라고, 수혁은 생각했다.

"야! 이수혁."

바닥에 떨어진 핸드폰에서 도희 목소리가 들렸다. 수혁은 멍한 표정으로 핸드폰을 주위 들었다. 죽는다면, 이대로 끝이라면 도희에게 마지막 인사는 하고 싶었다.

"도희야……."

수혁이 도희를 가만히 불렀을 때, 뻥 뚫린 구멍으로 여자가 얼굴을 들이밀었다. 그러고는 웃음을 터트렸다.

카카카!

그제야 여자의 얼굴이 똑똑히 보였다. 그 얼굴은…….

"수혁아. 더블 해치울 방법 있어! 거울이야! 더블의 얼굴이 거울에 비쳤을 때, 그 거울을 깨면……."

도희의 목소리가 뚝 끊겼다. 수혁의 핸드폰 배터리가 다 됐다. 수혁은 그런 줄도 모르고 계속 핸드폰을 들고 있었다. 아무 소리도 들리지 않고, 아무것도 보이지 않았다. 다만 그 여자만 보였다. 아니 오직 여자의 얼굴만 보였다. 자신과 똑같이 생긴 바로 그 얼굴.

수혁은 깨달았다.

눈앞의 여자는 자신 안에서 튀어나온, 수혁이 그렇게 버리고 싶어 했던, 여성으로서의 정체성이라는 사실을.

날 버리려 한 널, 용서하지 않을 거야.

여자가 한껏 웃으며 말했다. 손에는 어느새 부엌칼을 들고 있었다.

"아니야. 난…… 널 버리고 싶지 않았어."

수혁은 더듬거리며 말했다.

거짓말! 내가 모를 줄 알아. 넌 나를 부끄러워했잖아. 안 그래? 그래서 계속 숨겼잖아!

여자가 소리쳤다.

"그런 게 아니야. 너도 알잖아. 나 무서웠어. 무서웠다고!"

수혁의 목소리도 점점 커졌다. 고통스러웠던 지난날의 기억이 한꺼번에 쏟아지는 듯했다. 자신의 성정체성이 여성이라는 걸 깨달은 뒤 찾아온 혼란, 그걸 숨기기 위해 필사적으로 노력했던 순간들, 슬퍼하고 분노하고 또 원망했던 모든 감정이 생생하게 떠올랐다. 도희에게도 모든 걸 말할 순 없었다. 차라리 죽었으면 좋겠다고 생각했다. 평생 성정체성을 숨기고 살 바에는 죽는 게 나을 것 같았다.

무서웠다고? 그럼, 이제 내가 무섭지 않게 해줄게. 크크.

여자는 칼을 들고 점점 다가왔다.
"어, 어떻게 하려고?"
수혁은 주춤주춤 뒤로 물러서며 물었다. 엉덩이가 엄마의 화장대에 닿았다. 더는 물러설 곳도 없었다.

내가 널 없앨 거야. 그러면 난 나로 살아갈 수 있지! 캬캬캬캬.

여자는 이렇게 외치며 수혁에게 달려들었다. 수혁은 순간 정신이 퍼뜩 들었다. 여자가 방금 한 말, 나로 살아갈 수 있다는 그 한마디에 굳어 있던 머리는 물론, 몸도 깨어났다. 온전한 나로 살아가고 싶다. 이건 바로 수혁 자신의 소망이었다. 수혁은 '나'를 찾고 싶었고, '나'를 사랑하고 싶었다. 그리고 모두에게 그저 이수혁이라는 존재 자체로 인정받고 싶었다.
그러자면 살아야지, 살아남아야지!

"으아!"

수혁은 여자를 향해 화장대 의자를 집어 던졌다. 여자는
피하지 못했다. 날아간 의자에 배를 맞은 여자가 얼굴을 찡그
리며 주춤했다. 수혁은 단 두 걸음 만에 침대를 넘어 문 쪽으
로 달려갔다.

거기 서!

여자가 곧바로 쫓아왔다. 수혁은 허리를 숙였다. 바닥에
그게 있었다. 여자가 문을 부술 때 쓴 소화기. 소화기를 집어
들자마자 곧장 휘둘렀다.

퍽.

소화기는 여자의 다리를 정확히 때렸다. 충격을 받은 여
자는 쿵 소리와 함께 넘어졌다. 수혁이 그사이 안방을 빠져나
가려 했지만 실패했다. 여자가 넘어진 상태에서도 수혁의 발
목을 잡고 늘어진 것이다.

"악!"

수혁 역시 균형을 잃고 앞으로 쓰러졌다. 수혁이 손에 들고 있던 소화기는 저 혼자 어두운 거실을 가로질러 현관문 쪽으로 데굴데굴 굴러갔다. 허벅지가 아팠다. 무릎도 아팠다.

"놔!"

아픔을 애써 참으며 발버둥을 쳤다. 하지만 여자는 더욱더 세게 수혁의 발목을 그러쥐었다. 그러고는 날 선 목소리로 외쳤다.

널 없애고 내가 살아남을 거야!

수혁은 사력을 다해 기기 시작했다. 일어설 수도 없고, 일어설 힘도 없으니 기어서라도 도망쳐야 했다. 여자는 끊임없이 자기가 살겠다고 외치며 수혁을 따라왔다. 똑같이, 기어서.

이제부터 내가 진짜 이수혁이야! 이 세상에 나만 존재하는 거야!

거실을 가로질러 현관까지 갔다. 때마침 현관 센서 등이 반짝하고 켜졌다. 이제 일어서기만 하면…….

"으악!"

수혁이 비명을 질렀다. 여자의 날카로운 손톱이 발목의 살을 파고들었다. 그 순간 이상할 정도로 몸에 힘이 쭉 빠졌다. 더는 버티기가 어려웠다. 도망칠 수 없을 것 같았다. 수혁과는 반대로 여자는 점점 힘을 얻고 있는 듯했다. 아니나 다를까, 여자가 수혁의 다리를 잡고 몸까지 기어 올라왔다. 수혁은 여자를 떨쳐버리려고 옆으로 굴렀다. 소용없었다. 여자는 그악스레 수혁의 몸을 누른 채로 목을 조르기 시작했다.

크크. 죽어! 죽어버려!

"억."

수혁은 숨이 막혀오는 순간에도 여자의 얼굴, 자신과 똑같은 그 얼굴에서 눈을 떼지 못했다. 이제 마지막이구나. 어쩌면 이게 더 나을지도 모르겠다. 수혁은 숨을 몰아쉬며 한마디를 뱉었다.

"미안해."

뭐?

여자가 뒤집힌 목소리로 물었다. 수혁의 목을 조르던 힘이 약해졌다.

"미, 미안해. 정말 미안해. 너를 인정하지 않았던 거, 너를 없애려 했던 거…… 다 미안해. 하지만 네가 싫어서가 아니야. 난 용기가 없었어."

여자는 말이 없었다. 수혁을 내려다보지도 않았다. 그저 멍하니 정면에 시선을 고정하고 있을 뿐이었다. 수혁은 여자의 시선을 눈으로 좇았다. 그 끝에 뭔가가 눈에 들어왔다. 현관 옆에 세워 둔 전신거울이었다. 여자는 거울에 비친 자기 모습을 홀린 듯 바라보고 있었다. 순간 도희의 말이 떠올랐다.

거울에 더블의 얼굴이 비쳤을 때 그 거울을 깨면…….

옆으로 손을 뻗어 바닥을 더듬었다. 둥글고 단단한 무언가가 손에 닿았다. 소화기였다. 소화기 머리 부분을 손으로 꽉 쥐었다. 바로 지금이다. 지금 소화기를 던져 전신거울을 깬다면…….

수혁은 마지막으로 여자의 얼굴을 올려다봤다. 여자는 수혁이 그토록 원하던 모습이었다. 거울만 깨면 영원히 지워질 모습. 이를 악물었다. 손에 힘을 줬다. 갑자기 눈물이 터졌다. 남자답지 못하게 수혁은 눈물을 줄줄 흘리고 말았다.

"할 수 없어."

조용히 중얼거리며 수혁은 소화기를 놓았다. 눈앞에 있는 또 다른 자신을 차마 지워버릴 수 없었다. 수혁은 팔을 뻗었다. 여자가 그제야 흠칫 놀라며 수혁을 내려다봤다. 수혁은 그런 여자를 끌어안았다. 그러고는 속삭였다.

"너 정말 멋지다."

수혁은 눈을 감았다.

***

"어서 일어나!"

수혁이 눈을 떴다. 처음에는 여기가 어디인지 몰라 어리둥절했다. 몇 번 더 눈을 깜박인 후에야 자기 방이라는 걸 알았다. 창문으로 아침 햇살이 들어오고 있었다.

"얘가 왜 대답이 없어. 수혁아!"

거실에서 엄마 목소리가 들렸다.

뭔가 이상하다고 느끼면서 일단 대답은 했다.

더블

"일어났어. 나갈게."

"그러게 일찍 자랬지? 어젯밤에 안 자고 대체 뭘 한 거야."

엄마의 익숙한 잔소리를 들으며 수혁은 벌떡 일어났다. 허벅지가 아팠다. 잠옷 바지를 내렸다. 허벅지에 칼로 그은 상처가 나 있었다. 그렇다면 거울 귀신 의식을 진짜로 했다는 뜻이었다. 핸드폰을 찾았다. 늘 놓아두는 책상 위에 있었다. 요일을 확인했다. 금요일이다. 금요일 아침.

'어제가 금요일이었는데…… 설마? 꿈인가? 꿈을 꾼 걸까?'

수혁은 서둘러 거실로 나갔다. 식탁에 반찬을 내놓던 엄마가 수혁을 보며 말했다.

"오늘 엄마 아빠는 부부 모임 가. 늦을 거야. 수현이는 친구 집에서 자고 온대. 너 저녁은……."

"어, 응."

엄마 이야기를 다 듣지도 않고 화장실로 들어갔다. 손에 들고 있던 핸드폰이 진동했다. 메시지가 왔다. 도희가 보낸 것이었다.

이수혁. 알아보니까 거울 귀신 의식, 그거 다 사기래. 설마 어젯밤에 진짜로 한 건 아니지?

메시지를 확인한 후, 수혁은 거울을 들여다봤다. 거울 속에는 소년 이수혁이 서있었다. 하지만 수혁은 겉모습에 가려진 진짜 자신을 볼 수 있었다. 살아남기 위해 발버둥 치는 자신을, 인정받기 위해 눈물 흘리는 자신을, 사라지지 않기 위해 울부짖는 자신을…… 볼 수 있었다.

"휴우."

숨을 크게 내쉰 뒤 수혁은 마음을 다잡았다. 지금이다. 지금이 아니면 안 된다. 확신이 들었다. 이 아침의 평화가 깨지더라도, 그리고 앞으로의 삶이 힘들어지더라도 지금, 이 순간 말해야 할 것 같았다.

"엄마. 아빠. 나 할 말이 있어."

수혁이 화장실에서 나오며 말했다. 그 사이 식탁에 앉은 부모님과 수현은 동시에 수혁을 바라봤다. 수혁은 주먹을 꼭 쥐었다. 아마 힘든 일이 벌어질 것이다. 그렇지만 용기를 내기로 했다. 남자답게, 아니 이수혁답게.

"나 사실은……."

수혁은 조심스럽게, 그러나 떨지 않고 이야기를 시작했다.

맹금류 오 형제

차무진

"설사 지더라도 나는 해야만 해. 리더이자 남자인
내가 희생할 수밖에 없어."
"희, 희생? 갑자기 웬 희생?"
"저들은 아마 내가 혼자서라도 나타날 걸 예상하며
기다리고 있을지도 몰라. 그렇다고 해도, 나는 갈 거야.
가서 죽을 거야. 나는 장렬히 산화하면서도 영광스럽겠지.
하늘에서도 너희를 위해 싸울게."

다른 사람과 협력하지 않는 무모한 용기,
희생이라는 말 뒤에 숨은 비합리적 판단.
내가 옳다는 우월감과 자만심으로 가득 찬 태도는
어디에서 비롯됐을까요?

1

하늘을 날고 있는 X 피닉스의 조종실.

계기판 위에 자글거리던 대형 LED 화면이 순식간에 깨끗해지며 지구방위연구소의 남 박사 얼굴이 나타났다.

"맹금류 오 형제, 내 말 잘 들리나?"

"네, 남 박사님. 박사님 얼굴, 잘 보입니다. 라저(교신에서 자기가 할 말이 끝났다는 것을 상대에게 알려주는, 소통의 오류를 막기 위한 음성 기호)."

E1호, 흰독수리 건이 대답했다.

"아니, 아니야. 나는 내 말이 잘 들리냐고 물었다. 대답을 똑바로 해주기 바란다."

"앗, 죄송합니다. 남 박사님. 네, 잘 들립니다."

대형 화면 속 남 박사가 말했다.

"좋아. 너희는 어떨 때는 다섯 사람, 어떨 때는 한 사람! 실체를 보이지 않고 몰래 다가가는 하얀 그림자, 그 이름도 유명한 지구방위대, 맹금류 오 형제다!"

남 박사의 말에 X 피닉스에 타고 있던 멤버들이 자세를 곧추세우며 큰소리로 대답했다.

"네!"

독수리 멤버는 모두 다섯, 독수리를 표현하는 영어 단어 Eagle에서 차용해 번호를 매겼다. E1호는 흰독수리 건이고, E2호는 콘도르 혁이다. E3호는 고니 유미, E4호는 제비 병 그리고 E5호는 부엉이 용이다.

사실, 이 모두가 맹금류는 아니다. 고니와 제비는 사나운 새는 아니지만, 남 박사는 얌전한 새도 화가 나면 무섭다는 것을 보여주라는 의미로 맹금류 오 형제라는 이름을 붙였다.

"오늘이 신형 X 피닉스를 시험하는 첫날인 걸 잘 알고 있겠지?"

E1호, 흰독수리 건이 고개를 끄덕였다.

"네. 알고 있습니다. 박사님. 그래서 우리는 지금, 구형 X 피닉스가 아닌, 신형 X 피닉스를 타고 이렇게 푸른 하늘을 날고 있지 않습니까. X 피닉스는 우리 다섯 형제의 비행선이자,

하나의 작전 기지니까요."

"똑똑하군, 소년!"

건의 바로 뒤에 서있는 E3호, 고니 유미는 건이 너무 설명조로 말하는 것이 귀에 거슬렸다.

'참자.'

남 박사 말투도 마찬가지로 거슬리지만, 그건 더더욱 참는 수밖에 없다.

무적의 지구방위대 맹금류 오 형제를 직접 설계하고, 구성한 사람이 바로 남 박사니까. 남 박사는 가장 소년다운, 아니 더 나아가서 최고로 남자다운 지구방위대를 위해 다섯 중에 제일 남성스러운 흰독수리 건을 E1호로 삼았다.

윙 윙.

X 피닉스가 비행하는 웅장한 소리가 들린다. E1호 건의 말대로 지금 멤버들이 타고 있는 이 X 피닉스는 맹금류 오 형제의 주력 비행 기체로서 얼마 전에 신형으로 싹 교체되었다.

X 피닉스는 E5호, 부엉이 용이 조종하고 있다. 나머지 멤버들은 각자의 머신을 X 피닉스 안에 넣고 합체한다. 합체하는 과정은 이렇다. 어디선가 비겁하고 악랄한 게레로로쉐 무리가 나타나면, 지구방위연구소의 남 박사가 맹금류 오 형제

의 출동을 명령한다.

맹금류 오 형제의 주 임무는 게레로로쉐 무리를 처단하고, 그들의 기지를 알아내는 것!

명령이 떨어지면 제일 먼저 E5호인 부엉이 용이 자신의 머신인 X 피닉스를 발진해서 하늘에 뜬다.

하늘로 오를 때, X 피닉스 내부에 설치된 스피커에서는 혈기가 솟아나는 음악이 울려 퍼진다.

슈파슈파슈파-

우렁찬 엔진 소리. 맹금류 오 형제.

쳐부수자, 게레로로쉐. 우주의 악당을.

불새가 되어서 싸우는 우리 형제.

조록빛 대지의 지구를 지켜라.

무적의 특공대, 맹금류 오 형제.

하늘을 나는 맹금류 오 형제.

이 음악을 들으면 누구든 벅차오르는 흥분을 감추지 못하게 되는데, 이것은 남 박사가 다섯 멤버의 사기를 올리기 위해 특별히 고안한 것이었다.

한편, 활주로 사무실에서 갈매기에게 새우깡을 던져주거나 한가하게 낮잠을 자던 E1호 흰독수리 건은 남 박사의 출동 신호를 받고 비행기 격납고로 달려간다.

건은 격납고에서 자신의 경비행기를 몰고 하늘로 떠올라서는, 손목에 차고 있는 독수리 시계를 빙빙 돌리며 외친다.

"변신 독수리!"

그 외침으로 건의 경비행기가 순식간에 전투기 형태의 날렵한 E-1호 머신이 된다. 이후 공중으로 솟구쳐 X 피닉스에게 다가간다. X 피닉스의 꽁무니가 열리면 E-1호 머신이 그 안으로 들어간다. 맹금류 오 형제 E-1호 머신, X 피닉스와 합체 완료!

E2호인 콘도르 혁은 자신의 머신인 경주용 자동차의 속력을 최고로 높인다. 그러면 X 피닉스가 다가와서 이번엔 주둥이를 활짝 연다. 거기에서 뻗어 나온 긴 철제 팔이 달리는 경주용 자동차를 잡아 올려 X 피닉스의 주둥이 안으로 쏙, 집어넣는다. 맹금류 오 형제 E-2호 머신, X 피닉스와 합체 완료!

한가하게 재즈를 듣던 E3호, 고니 유미도 출동 명령을 받는다. 그녀 역시 출동복으로 갈아입은 뒤 자신의 바이크를 타고 달린다. 그러면 X 피닉스가 저공비행을 하다가 E-3호 바이크가 올라탈 수 있게 왼쪽 날개를 연다. 유미는 안전하게 X 피닉스에 오른다. 맹금류 오 형제 E-3호 머신도 X 피닉스와 합체 완료!

마지막 E4호, 제비 병의 머신은 미니 장갑차이다. 이 장갑차는 궤도로 이어진 강력한 바퀴가 있어서 산길이나 강에서도 일정한 속력을 낼 수 있다. X 피닉스는 이 E-4호 머신과 합체하기가 제일 편하다. 활주로가 아닌 거친 지형에서도 합체가 가능하니까. E-4호 머신은 X 피닉스의 오른쪽 날개로 들어간다.

맹금류 오 형제 전체 머신, X 피닉스와 합체 완료!

태양이 빛나는 지구를 지켜라.

정의의 특공대, 맹금류 오 형제.

우주를 누비는 맹금류 오 형제.

맹금류 오 형제는 모두 X 피닉스의 조종실로 모인다. X 피닉스는 E5호인 부엉이 용의 머신인 동시에, 나머지 머신들을 수용하는 수용기라고도 할 수 있다.

윙 윙.

X 피닉스는 이제 고도 이만 미터 상공을 유유히 날고 있다.

조종석에 앉아있는 E5호, 부엉이 용이 말했다.

"이히. 박사님. 이 X 피닉스, 예전보다 훨씬 좋은데요. 좌석 등받이도 편하고, 조종간도 기름칠이 잘 되어 있어요. 난기류에 흔들림도 적고요."

대형 화면 속 남 박사가 대답했다.

"용, 너는 하나만 알고 둘은 모르는 모양이구나. 좌석 등받이만 편한 것이 아니다. 팔걸이도 쿠션으로 되어 있고 방석도 최신 매트리스를 사용했다. 신형 X 피닉스는 이제껏 너희들이 탔던 구형 X 피닉스와는 차원이 다르다는 말이다!"

그러자 용 뒤에 서있던 E2호, 콘도르 혁이 앞으로 나서며 물었다.

"남 박사님, 잘 알고 있습니다. 기존보다 훨씬 강화된 합금으로 만들어진 동체와 추진력을 갖춘 우주선이라는 것을요. 게다가 그 어떤 것도 터뜨려 버릴 수 있는 X 피닉스의 숨겨진 무기, 버드 미사일이 이번에 더욱 강화되었다는 소문을 들었습니다. 이름이 초버드 미사일이라면서요?"

유미는 혁의 말투가 건보다 열 배는 더 설명조라고 생각하며 몸을 부르르 떨었지만, 역시 입술을 꾹 깨물고 참았다.

맹금류 오 형제

"자네 말이 맞네. 혁!"

남 박사가 수긍하자, 혁은 평소 날카롭던 눈매를 오랜만에 부드럽게 만들며 입가에 미소를 지었다.

"후후. 그렇다면 강화된 초버드 미사일의 발사 버튼을 첫 번째로 누르는 행운의 사나이는 바로 저겠군요. 박사님, 부탁입니다. 지금 초버드 미사일 버튼을 한번 눌러보고 싶습니다! 제발요!"

E2호 콘도르 혁은 버드 미사일의 힘을 신봉한다.

비겁하고 잔인한 우주 악당 게레로로쉐 일당이 지구에 쳐들어올 때마다 지구방위대 맹금류 오 형제는 X 피닉스를 타고 출동해서 그들을 막았다.

그럴 때마다 혁은 버드 미사일로 초장에 악당들을 물리치자고 주장했다. 혁은 이처럼 과격한 멤버이다.

E1호 건이 혁을 제지했다.

"안 돼. 콘도르 혁, 제발 그런 말은 하지 마. 버드 미사일은 우리 맹금류 오 형제의 비밀 무기야! 이번에 X 피닉스가 신형으로 바뀌면서 버드 미사일도 초버드 미사일로 바뀌었으니 더더욱 신중하게 사용해야 해!"

E1호 건의 말에 E2호 혁은 주먹을 불끈 쥐어 보였다.

"건, 너 설마 개량된 버드 미사일을 네가 처음으로 발사하려는 건 아니겠지? 네가 아무리 일 호라고 하지만, 초버드 미사일 버튼은 너에게 양보할 수 없어! 사실 말이 나왔으니 말인데, 이번 기회에 일 호와 이 호를 바꾸었으면 해. 모든 사람이 알겠지만, 분명히 말해 두지. 나는 너보다 훨씬 남자답고 카리스마 있는 몸이라고. 그러니 바꾸자. 내 말 알아들어?"

E1호, 건도 지지 않았다.

"무슨 소리야! 혁, 나는 너의 카리스마 따윈 관심 없어. 나는 오직 우리 지구방위대 맹금류 오 형제가 어떻게 하면 지구를 위해 헌신할까, 그것만 생각하는 몸이라고. 나 역시 똑똑히 말해두겠어. 맹금류 오 형제의 리더는 나야. 그러니 너는 내 말을 들어야 해! 알겠어? 알겠느냐고!"

"쳇!"

혁이 돌아섰다.

"흥!"

그러자 건도 돌아섰다.

'또 시작했군'

E3호 고니 유미는 이렇게 생각하며 한숨을 쉬었다.

E1호 흰독수리 건과 E2호 콘도르 혁은 늘 이런 식으로 다

투곤 한다.

건은 자신이 지구방위대 리더이기에 리더다운 행동을 해야 한다고 믿는 소년이다. 건에게는 오직 명예와 헌신, 그리고 올바름만 있을 뿐이다. 물론 일 호라는 자부심도! 건은 만약에 불의를 보고 참는다면 그건 정의의 소년답지, 아니 남자답지 못하다고 생각한다.

반면에 혁은 무엇보다도 자존심이 먼저이다. 자신이 누구보다 남자답고 터프하다고 생각하기 때문에 만약 그 자존심을 유지하는 데 위협이 느껴지면 누구 앞에서라도 발끈한다. 혁은 누군가가 자기를 도발했을 때 움츠린다면 그것이야말로 소년답지, 아니 남자답지 못하다고 생각한다.

악당을 눈앞에 두고 둘이 이렇게 다투면 X 피닉스 내부의 분위기는 금세 차갑게 식고 만다.

그럴 때면 늘 E3호 유미가 나서서 중재한다.

"건, 혁. 제발 그만들 해. 지금 싸울 때가 아니잖아. 게레로 로쉐 악당이 우리 앞에 있단 말이야! 우리가 싸우면 지구는 위험에 빠지고 말아!"

유미가 이렇게 말리면 둘은 못 이기는 척 싸움을 그만둔다. 꼭 이런 말을 내뱉으면서 말이다.

"내가 더 화를 내면, 다른 멤버들은 괜찮지만, 우리 팀의 유일한 여성, 고니 유미가 겁먹을까 봐 이번만 참겠어."

"흥, 나도 마찬가지라고. 유미만 아니었으면 가만있지 않았어. 연약한 유미 앞에서 건, 너에게 이 돌 같은 주먹을 휘두르는 것은 아주 무례한 짓이니까 말이야!"

그리고 둘은 언제 그랬냐 싶게 환상의 호흡을 맞춘다.

유미는 건과 혁이 자신을 가리켜 유일한 여성 멤버니, 연약하니 하며 거들먹거리는 것이 못마땅했지만, 아무려면 어떤가, 둘이 다시 힘만 합친다면야.

유미는 생각한다.

'나는 팀에서 꼭 필요한 존재야. X 피닉스가 신형으로 업그레이드된 지금은 더더욱.'

맹금류 오 형제 가운데 삼 호인 유미의 나이는 열여섯 살, 팀 안에서 코드 네임은 고니이며, 복장도 고니를 연상시키는 디자인의 출동복을 입는다. 다섯 가운데 유일한 여성이며, 뛰어난 외모를 지니고 있다. 그래서 다른 독수리들이 늘 과하다 싶을 만큼 유미를 극진하게 챙긴다.

사실 유미는 툭하면 자신을 들먹이는 남자 멤버들의 배려가 지나치다고 생각하며, 부담스럽기도 하다. 지구를 구하기 위해 이 팀에 합류한 것이지, 남자들에게 보호받거나 대접받기 위해 함께하는 것은 아니니까.

악당들과 조우했을 때, 건과 혁이 전투 방식을 논하다가 서로 싸우는 것은 어떻게 보면 좋은 전략을 위해 의미가 있다고 하겠지만, 오늘처럼 신형 X 피닉스의 첫 시험비행에서 싸우는 짓은 아무튼 자존심 싸움이라고밖에 볼 수 없다.

이번에도 역시 유미가 나서려고 했는데, 그때 모니터 속에서 남 박사가 끼어들었다.

"자자, 소년들! 그만들 싸워. 오늘은 여러분에게 있어 아주 중요한 날이니까. 그리고 혁, 먼저 말해두겠는데 말이야, 오늘부터 버드 미사일 사용을 금한다."

"네? 그게 무슨 말씀입니까?"

"내 허락 없이는 절대로 쏠 수 없단 말이다."

"박사님!"

혁은 슬픈 눈이 되어 남 박사를 바라보았다.

남 박사는 그런 혁을 무시하고 말을 계속했다.

"자, 그럼, 지금부터 테스트할 내용을 알려주겠다."

남 박사는 신형 X 피닉스가 불새로 변할 때 기존의 방식이 아닌 새로운 방식을 채택했다고 설명했다.

"네? 새로운 불새 변신 방식이요?"

다들 놀란 표정을 지었다.

"그렇다. 멤버 한 명이 불새가 되는 것이다!"

그 말에 유미를 제외한 나머지는 망연자실한 표정을 지었다. 한 명이 불새가 된다는 말은 굉장히 충격적이었다.

여기서 잠깐, 불새에 관하여 설명하지 않을 수 없다.

불새는 X 피닉스가 고속으로 돌진할 때 대기 중에 발생한 불이 X 피닉스의 기체에 점화되는 특수한 상태를 말한다.

너무 빠른 돌진 탓에 상공에서 불이 나고 이것이 X 피닉스 기체에 옮겨붙는 것이다. 그 모습이 마치 불새가 하늘을 나는 모습 같아서 불새라고 명명한다.

이것은 X 피닉스가 합체할 때 내부의 스피커를 통해 흐르는 노래에도 분명하게 나와 있다.

불새가 되어서 싸우는 우리 형제.

불새가 되면 어떻게 되는가? 대체 무엇이 좋은가?

일단 불새 앞에서 적의 공격은 모조리 무용지물이 된다. 그 어떤 공격을 받아도 불새는 끄떡없다. 반면 불새가 적진을 지나기만 해도 적의 로봇들은 불새의 열기에 전부 녹아버리고 만다. 한마디로 X 피닉스가 불새로 변하면 천하무적이라고 할 수 있다.

생각만 해도 흥분하지 않을 수 없다.

정말 장하다, 지구방위대 맹금류 오 형제!

그렇다고 안도하진 마시라.

X 피닉스는 함부로 불새가 되지 않는다.

불새가 되는 데는 조건이 있다.

반드시 E-1부터 E-5까지 모든 독수리 머신이 X 피닉스 안에 합체해 들어와야 하고, 다섯 명의 독수리가 조종실에 함께 모여 있어야 가능하다. 그래야만 X 피닉스는 무적의 불새로 변신할 수 있다.

또 불새는 정말 위급할 때 변신해야 한다.

이유는 불새로 변할 때 독수리 멤버들의 위험 부담이 너무 크기 때문이다. 불새가 되려면 다섯 명의 멤버가 정신을 하나로 집중해야만 한다. 그럴 때 X 피닉스 기체가 빛보다 빨라지고, 슬슬 열기가 피어오르게 된다. 불이 붙은 뒤에는 기체 내부에서 다섯 명이 강력한 열기를 견뎌야 한다. 결국 불새가 악당을 모두 물리치는 시점이 되면 지칠 대로 지친 멤버들은 그만 정신을 잃고 만다.

어쩔 수 없다.

용감한 맹금류 오 형제는 악당을 모조리 말살하기 위해 모두가 의식을 일체화해서, 다시 말해 자신들의 정신력을 희생함으로써 불새가 되어 정의를 지켜왔다.

오래전부터 남 박사는 이런 다섯 독수리의 건강이 걱정되었다.

'이렇게 계속할 순 없어! 불새가 될 때 다섯 독수리의 건강이 위험해!'

조종석의 다섯 독수리가 모두 의식을 잃는 것은 불새 작전의 치명적인 단점이 아닐 수 없다.

남 박사는 불새가 되는 변신 방식이 위험하다고 생각했다. 평소에도 정말 위급할 때가 아니면 불새로 변신하지 말라고 주의를 시키곤 했다. 하지만 어디 위급하지 않은 전투가 있던가? 악랄하고 사악한 게레로로쉐 무리를 처단하기 위해 다섯 독수리는 늘 불새로 변해야만 했다.

그래서 작년부터 불새의 단점을 보완하기 위해 내부 장치를 리뉴얼한 신형 개발에 착수했고, 올봄에 드디어 신형 X 피닉스를 완성했다.

"기존에는 X 피닉스 전체가 불새가 되었기에 그 안에 탑승하고 있던 너희가 모두 고통에 신음해야만 했다. 그러나 이제는 다르다. 모두가 정신을 잃지 않아도 된다, 너희 중 한 명이 X 피닉스에서 튀어 나가 허공에서 혼자 불새가 된다. 알겠나?"

"아니 그런 방법이 있었단 말입니까? 박사님?"

건이 물었다.

"그렇다. 우리는 지구 방위를 위해 심혈을 기울여 X 피닉스를 개조했고, 그래서 탄생한 신형이 바로 지금 너희가 타고 있는 그것이다."

다들 긴장한 얼굴로 고개를 끄덕였다.

"우리 중 한 명만 불새가 된다니."

"X 피닉스가 불새와 함께 하늘을 나는 모습이 연출되겠어!"

"그러면 이제 불새와 나란히 날며 버드 미사일도 쏠 수 있겠군."

남 박사가 말했다.

"자, 모두 집중! 나는 너희 중 한 명이 불새로 변신하도록 정했다. 가장 강하고, 멋지고, 끈질긴 독수리를 선택했단 말이다. 그 한 명이 나머지 넷을 대신해서 불새가 되고 대미를 장식한다. 네 명의 독수리가 모아준 정신을 한 명이 받아서 움직이는 것이다."

남 박사의 외침이 매우 비장했기에, 모두 입술을 꾹 다물고 있었다.

상공에 떠있는 X 피닉스 안 조종실에는 엔진 돌아가는 소리만 윙윙 울렸다.

"하지만 그 한 명이 누구인지는 밝히지 않겠다. 미리 알렸다가는 전 세계인들의 사랑을 혼자만 받을 테니까 말이야. 하지만 소년들! 그건 알 필요도 없고, 알려고도 하지 마라. 성공 여부는 다섯 명의 독수리가 얼마나 정신을 집중하느냐에 달렸으니까. 그래야만 비로소 한 명이 X 피닉스 밖으로 솟아오르며 불새가 된다. 물론 나머지 네 명의 독수리가 타고 있는 X 피닉스는 안전하게 유지되고 말이다."

"그런 문제라면 걱정하지 마십시오. 남 박사님, 우리는 언제나 서로를 돕고 아끼고 있으니까요!"

팀의 리더, E1호 흰독수리 건이 자신 있게 말했다.

누구보다 건의 성격을 잘 아는 유미는 건을 걱정스레 바라보고 있었다.

맹금류 오 형제

'건은 본인이 분명 불새라고 생각하는 모양이야. 머릿속에는 맹금류 오 형제의 리더답게 행동해야 한다는 생각뿐이겠지. 건은 명예를 아주 소중하게 생각하니까. 명예를 위해 살고 명예를 위해 죽는다는 말을 금과옥조(金科玉條)처럼 여기잖아. 건은 잘나 보이려는 게 아니라 명예를 위해 불새가 되려는 거야. 지구를 지켜야 한다는 책임감에 건만큼 사로잡힌 열여덟 살 소년도 없으니까.'

유미는 이번엔 E2호 콘도르 혁을 흘낏 바라보았다.

혁은 특유의 날카로운 눈매를 찡그리며 튀어나온 광대를 실룩거리고 있었다.

'혁도 마찬가지야. 자신이 불새가 되어야 한다고 생각하는 것 같아. 혁은 늘 건 뒤에서 이인자로 지내왔으니까, 이번에는 일인자로 인정받고 싶을 거야. 혁만큼 카리스마와 남자다움에 사로잡힌 열여덟 살 소년도 없어. 언제나 상남자처럼 보이고 싶어 하지. 그나저나 큰일이야. 딱 보니 저 둘이 또 싸울 것 같은데……. 아무래도 이 실험은 박사님이 실수하신 것 같아.'

그리고 유미는 친동생인 E4호 제비 병을 바라보았다.

놀랍게도 병의 얼굴 역시 평소에 보았던 귀여운 표정이

아니었다.

'맙소사! 병도 자기가 불새라고 생각하는구나. 하긴, 그럴
만도 해. 병은 키도 작고 나이도 어려서 늘 막내 취급을 받았
으니까. 그래서 박사님이 병에게 가장 큰 머신을 주셨지만,
그때도 병은 만족하지 않았어. 이번에 불새가 되어 자기 능력
을 과시하고 싶겠지. 병이 생각하는 남자다움은 지성미니까.
병은 진정한 남자라면 덩치나 외모가 아니라, 뇌가 섹시해야
한다고 생각하지. 내 동생이지만 병만큼 '뇌섹남 콤플렉스'에
사로잡힌 열네 살 소년도 없을 거야. 그러고 보면 건이나 혁
보다도 더 이를 갈고 있는 녀석은 병일지도 몰라.'

유미는 마지막으로 조종석에 앉아있는 E5호 부엉이 용을
바라보았다.

'용은 무슨 생각을 하고 있을까?'

조종간을 잡고 있는 용은 다른 소년들과 달리 아무 생각
이 없는 듯 무표정했다.

X 피닉스는 바로 E-5호, 용의 머신이다. 그렇기 때문에
만약 용이 밖으로 나가 불새가 되면 X 피닉스를 조종할 파일
럿이 없어진다.

하지만 유미는 확신했다.

'아아. 용 역시 속으로 자신이 불새가 될 거라고 기대하고 있어. 사실 힘이라면 용이 제일 세니까. 몸무게도 가장 많이 나가고. 불새의 열기를 견디는 체력은 다섯 중 자기가 가장 우세하다고 생각할 거야. 또 X 피닉스는 용이 아니라도 건이나 혁이 조종할 수 있으니까.'

남 박사는 가장 강하고 멋지고 끈질긴 독수리를 선택했다고 말했다. 유미는 그 말이 네 남자에게 섣부른 기대를 하게 했다고 생각했다.

'참, 박사님도. 그런 단어를 쓰지 않았다면 좋을걸.'

불새가 되려면 다섯 독수리가 정신을 합일해야 하는데, 과연 오늘 이 모의실험에서 그럴 수 있을지, 유미는 못내 걱정되었다.

유미의 걱정을 아는지 모르는지, 화면 속의 남 박사는 무표정한 얼굴로 소리 높여 외쳤다.

"자. 지금부터 모의실험 내용을 설명하겠다. 우리는 지난주에 다섯 명의 모습을 본떠 만든 마네킹을 사용해서 동료를 구하는 훈련을 했다. 이번 모의실험은 극한 위기 상황 대비 훈련이기 때문에 그때보다 더 집중해야 한다. 우선 부엉이 용은 신형 X 피닉스의 속력을 최고로 높여 솟아올랐다가 수직으로 낙하한다. 나머지는 각자 자리에 앉아 정신을 집중해라. 그러면 다섯 중 누군가가 불새가 되어 끼룩, 하고 X 피닉스에서 빠져나와 하늘을 날 것이다. X 피닉스와 불새가 나란히 태평양을 한 바퀴 돌고 오면 이번 모의실험은 끝난다. 한 번 더 경고하지만, 이번 불새 변신 모의실험은 고도의 정신력이 필요하기에 여러 번 할 수 없다. 그렇게 하다간 너희의 뇌가 손상을 입는다, 이 말이다. 그러니 시도는 한 번뿐 단번에 해치우도록 해라."

"네, 알겠습니다!"

다섯은 일제히 대답했다.

"의식을 집중하면 커다랗고 긴 통로가 보인다. 그 통로가 점점 작아지다 하나의 선으로 보이면 비로소 다섯 독수리의 정신이 하나가 된 것이다."

"네. 알겠습니다!"

다섯은 또 한꺼번에 대답했다.

남 박사가 유미를 가리키며 말했다.

"특히 유미, 너는 남자 독수리들보다 더 정신을 집중하거라."

"네. 박사님."

E4호인 제비 병이 낄낄댔다.

"히히, 여자인 유미 누나는 우리보다 몸이 약할 것 같아서 박사님이 특별히 걱정해 주시는구나!"

"요것이!"

그때 건이 말했다.

"박사님, 유미가 기절하거나 쓰러질 것을 염려하신다면 이 위험한 실험에서 빼주시는 건 어떨까요?"

남 박사가 고개를 저었다.

"잊었느냐, 너희는 어떨 때는 다섯 사람, 어떨 때는 한 사람! 실체를 보이지 않고 몰래 다가가는 하얀 그림자, 정의의 그림자 용사, 그 이름도 유명한 지구방위대, 맹금류 오 형제다. 누구도 빠질 순 없다!"

"제가 바보 같은 말을 했군요. 죄송합니다. 남 박사님."

그러자 곧바로 혁이 말했다.

"유미같이 유약한 멤버가 있는 건 우리더러 서로를 돌보라는 박사님의 깊은 뜻인지도 몰라. 그런 측면에서 팀에 꼭 필요한 멤버라고. 너는 리더이면서 그것도 몰라? 건?"

"그래. 네 말이 옳아. 혁."

'어휴. 건과 혁은 이럴 때만 죽이 척척 맞지.'

유미가 속으로 생각했다.

E5호, 부엉이 용도 한마디 거들었다.

"유미에게 무슨 일이 발생하면 X 피닉스 내부의 비상 치료제로 치료해 줄게. 나는 응급치료사 자격이 있으니까!"

유미가 모두를 보며 말했다.

"다들 고마워. 그렇지만 나보다 자신에게 더 집중해 줘."

남 박사가 소리쳤다.

"자, 지구방위대 맹금류 오 형제. 부디 성공을 빈다!"

모니터 속에서 남 박사가 사라지자, E1호 흰독수리 건이 모두에게 말했다.

"각자 자리에 앉아 정신을 집중하자."

건의 말에 독수리들은 자기 자리에 앉아 안전벨트를 맸다.

조종석의 용이 외쳤다.

"자. 그럼 솟아오른다!"

X 피닉스는 창공으로 높이 솟아올랐다.

내부의 스피커에서는 음악이 우렁차게 흘렀다.

슈파슈파슈파—

우렁찬 엔진 소리. 맹금류 오 형제.

쳐부수자, 게레로로로쉐. 우주의 악당을.

불새가 되어서 싸우는 우리 형제.

성층권 높이까지 올라간 X 피닉스가 다시 수직으로 하강
했다. 내리꽂히는 속도가 점점 빨라지고, X 피닉스의 몸체가
심하게 흔들리더니 점점 불길에 휩싸였다.

속도가 빨라질수록 X 피닉스의 몸통이 점점 흐려지며 붉
은 기운을 뿜어댔다.

"으아아."

"으으윽."

"아. 아."

"어허흡."

"끄으응"

다섯 독수리 모두 열기를 참아가며 정신을 집중했다.

남 박사 말대로라면 곧 다섯 독수리 중 한 명이 허공으로
튀어 나간다. 그리고 마침내 X 피닉스 옆에서 불새로 날아다
닐 것이다.

유미는 눈을 감았다.

'아아, 다들 잘 집중해야 할 텐데.'

내부의 열기가 주황빛에서 점점 붉은 빛으로 변하자, 정신이 혼미해졌다. 그럴수록 집중해서 다섯의 의식을 하나로 만들어야 한다.

눈을 감은 어둠 속에서 어느새 긴 통로가 생겨났다.

유미는 집중했다.

그 통로가 점점 작아져서 하나의 선이 되어갔다.

"아아!"

그러나 누구도 X 피닉스에서 밖으로 나가지 못했다.

"이런! 실패야!"

결국 수직으로 내리 날던 X 피닉스는 태평양 바닷속으로 추락하지 않기 위해 비행 각도를 꺾었다. 수면에 기화된 안개를 뿌리며 수평으로 날았다.

모두 땀에 흠뻑 젖어있었다.

E1호 흰독수리 건이 유미를 살폈다.

"유미 괜찮아?"

"괜찮아. 걱정해 줘서 고마워. 건."

"뭘, 그런 걸 가지고. 진정한 남자는 여자를 최우선으로 배려해야 하는 법. 그나저나 어쩐담. 불새가 되는 실험은 실패하고 말았어."

맹금류 오 형제

그러자 E2호 콘도르 혁이 이를 갈며 말했다.

"누군가 정신을 집중하지 않고 있어. 가장 정신이 연약한 사람이 범인이야. 유미, 너지?"

"혁, 왜 나한테 그래?"

"너는 여자니까 우리보다 정신력이 약한 거라고! 이런, 젠장맞을! 너 때문에 우리가 안 되는 거야! 늘 깨진 창문처럼 바람이 술술 새 나가잖아. 여자를 맹금류 오 형제에 넣는 게 아니었어! 이름부터 형제잖아! 남매가 아니라고!"

혁은 자기 기분대로다.

오직 건을 무시하기 위한 도구로 사용할 때만 유미를 약한 여자로서 대할 뿐이고, 대부분은 이렇게 대놓고 경시한다. 이는 마초가 가지는 본성일지도 모른다.

유미가 따졌다.

"아니 혁, 아까는 나로 인해 모두가 단결할 수 있다면서? 그런데 갑자기 말이 바뀐 거야?"

"닥쳐!"

"그만해. 혁!"

건이 나섰다. 건의 외침에 혁은 입을 닫았다. 유미는 기분이 나빴지만 참았다. 지금은 싸울 때가 아니다. 어서 불새로 성공해야만, 언제 쳐들어올지 모르는 게레로로쉐 무리에 대항할 수 있다.

"다시 해!"

E4호 병이 오기를 부렸다.

유미가 말렸다.

"너무 위험해. 박사님이 한 번뿐이라고 하셨어. 오늘은 여기서 끝내야 해."

E4호 제비 병은 약이 바짝 오른 듯 소리쳤다.

"뭐가 안 돼? 나는 할 수 있어! 다들 그렇게 정신력이 없어? 다들 나보다 나이가 많잖아. 그러면 더 잘 견뎌야지. 내가 봤을 땐 유미 누나가 아니라, 혁이 형과 건이 형 둘 중 하나가 집중하지 못한 거야!"

"뭐야?"

E1호 건이 눈을 크게 부라렸다.

"뭐라고?"

E2호 혁이 눈을 가늘게 조였다.

유미는 사태가 점점 커지고 있음을 느꼈다. 병은 늘 자기보다 크고 강한 사람을 들이박아서 자신이 강하다는 것을 보여주려 한다. 병까지 나서면 셋은 돌이킬 수 없는 지경에 이른다. 서로에게 화살을 쏘아대고, 며칠은 냉담하게 지낸다.

그때 네 소년 중 가장 성품이 온화한 E5호, 부엉이 용이 말했다.

"싸우지 마. 한번 더 해보자. X 피닉스가 좀 더 높이 올라갔다가 내려오면 시간을 벌 수 있을 거야. 어때 흰독수리 건?"

E1호 흰독수리 건이 고민했다.

"으흠. 남 박사님이 한 번만 하라고 하셨지만, 다들 컨디션을 보니 다시 시도해도 좋을 것 같다. 다만 유미가 좀 걱정되는데, 괜찮아?"

"나는 괜찮아. 그래도 오늘은 여기서 그만두자."

"좋아. 그럼, 다시 올라간다! 용, 시작해!"

건이 유미의 말을 무시하고 명령했다.

"알았어!"

X 피닉스는 다시 성층권까지 올라갔다. 그리고 수직으로 빠르게 하강했다.

슈파슈파슈파-

우렁찬 엔진 소리. 맹금류 오 형제.

계속 수직 하강!

지친 다섯 독수리가 이 중압을 견뎌내지 못한다면 어쩌면 X 피닉스는 공중에서 분해돼 버릴지도 모른다.

모두 정신을 집중했다. 다만 저마다 자신이 불새가 되기를 희망하면서!

또 실패했다.

"이런, 또 실패야!"

E2호 콘도르 혁, E4호 제비 병은 크게 실망했다.

다시 한번 하자고 계속 오기를 부렸다.

E3호 고니 유미가 말렸다.

"이제 진짜 그만. 욕심부리지 마. 짧은 시간 동안 고도의 집중력을 발휘해야 하는데, 각자가 불새가 되려고만 하니 정신 통일이 되지 않는 거야. 게다가 이젠 전부 지쳤어. 다음에 하자."

하지만 건이 망설이다가 말했다.

"그럼, 마지막으로 해보자!"

E1호 건도 강하게 욕심내고 있었다.

그때, 모니터에 남 박사가 나타났다.

"맹금류 오 형제, 그만 돌아오너라. 오늘 실험은 이것으로 마무리한다."

유미를 제외한 소년들은 모두 불새가 될 때까지 해보겠다고 했다.

하지만 남 박사는 그렇게 하면 뇌가 망가진다며 당장 돌아오라고 말했다.

"실험은 오늘만 있는 게 아니다. 다음에 성공하면 된다."

"다음에도 성공하지 못하면요?"

"반드시 성공할 것이다. 너희들은 어떨 때는 다섯 사람, 어떨 때는 한 사람! 실체를 보이지 않고 몰래 다가가는 하얀 그림자, 정의의 그림자 용사, 그 이름도 유명한 지구방위대, 맹금류 오 형제이니까!"

E2호 혁이 말했다.

"그렇다면 버드 미사일이나 한번 쏘고 끝내면 안 될까요?"

그때였다.

갑자기 남 박사 옆으로 지구방위연구소 연구원인 박민우가 나타났다.

젊고 잘생긴 박민우는 남 박사의 조수이다. 화면에 박민우가 보이자, E5호 부엉이 용의 눈이 빛났다. 하지만 박민우는 다급한 표정이었다. 그는 남 박사의 귀에 대고 뭐라고 속삭였다. 한참을 듣고 있던 남 박사가 이내 놀라는 표정을 짓더니, 곧 맹금류 오 형제를 바라보며 외쳤다.

"큰일이다. 롯데월드에 게레로로쉐 무리가 나타났다는 소식이야! 당장 출동하도록!"

2

서울 도심에 우뚝 솟은 롯데타워가 노란 구름에 휩싸여 있다.

아래쪽은 사람들이 대피하느라 아수라장이었다.

타워를 감싼 구름 속에서도 비명이 들려왔다.

남 박사가 말했다.

"저 노란 구름은 방금까지 롯데월드를 감싸고 있다가 이제 막 롯데타워로 이동해 왔다. 아마도 저 노란 구름 속에 거대한 기계 괴수가 숨어있는 것 같다."

E1호 건이 물었다.

"박사님. 혹시 그 기계 괴수가 게레로로쉐 일당의 것입니까?"

"그렇게 추측한다."

박사가 말하자, E2호 혁이 당장에 계기판으로 가서 초버드 미사일 버튼의 마개를 열었다.

"당장 버드 미사일을 날리겠어!"

혁은 빨간 버튼을 눌러 필살 무기인 초버드 미사일을 발사하고 싶었다.

"안 돼! 혁!"

건이 혁의 손을 덥석, 잡았다.

"비키지 못해? 버드 미사일 한 방이면 끝나!"

"지금 버드 미사일을 쏘면 타워 안에 있는 사람들이 위험하다고!"

유미도 건의 말을 거들고 나섰다.

"그래. 혁아, 참아. 게다가 박사님이 이제부터 버드 미사일을 허락 없이는 쏠 수 없다고 하셨잖아."

"으…… 쏘고 싶은데."

할 수 없이 혁은 버튼 마개를 다시 닫았다.

남 박사가 말했다.

"지구방위대 맹금류 오 형제! 노란 구름 속에 숨어있는 것이 무엇인지 정확하게 파악해야 한다!"

"네! 명령대로 하겠습니다. 롸져!"

E1호 흰독수리 건이 나머지 독수리들에게 말했다.

"우선 노란 구름 주변으로 가서 괴수가 어떤 모습을 하고 있는지 확인하자. 부엉이 용, X 피닉스를 롯데타워 근처로 이동시켜!"

"알았어!"

X 피닉스는 타워의 중간쯤, 타워를 감싸고 있는 수상한 노란 구름 가까이 다가갔다.

"맙소사. 역시 맞았어!"

건이 말했다.

게레로로쉐의 기계 괴수로 보이는 거대한 드래곤이 안개 속에서 타워를 칭칭 감고 있었다.

45층부터 60층 사이의 창문들은 전부 쨍그랑 깨져나갔고, 그 안에 있는 사람들은 비명을 질러대고 있었다.

타워 내부에는 이미 게레로로쉐 부하들이 잠입해 있었다. 아마도 드래곤에서 나와 타워로 옮겨간 것 같았다.

게레로로쉐의 부하들은 기관총을 들고 각 층마다 지키고 있었다.

"선량한 시민들을 인질로 잡고 있다니! 이런 나쁜 악당!"

건은 게레로로쉐 악당들을 보자 화가 치밀었다. 그때 X 피닉스의 내부 모니터 화면에 게레로로쉐 대장이 갑자기 나타났다.

E1호 건이 외쳤다.

"앗. 너는 바로 악의 무리 게레로로쉐의 대장, 골든베르크 백작!"

"크크크, 맹금류 오 형제. 왜 안 나타나나 했다. 당장 물러가라. 아니면 이 타워를 무너뜨리겠다! 타워 안에서 벌벌 떨고 있는 저 사람들이 보이지 않느냐?"

"골든베르크 백작, 당장 죄 없는 시민들을 풀어줘라!"

"후후. 그럴 순 없지. 우리가 이 작전을 어떻게 준비했는데!"

"원하는 게 뭐냐?"

"원하는 거? 우리는 혼돈만 원할 뿐이다!"

"혼돈? 음……. 너는 과연 진정한 악당이군."

건을 밀어내고, E2호 혁이 앞으로 나와 외쳤다.

"골든베르크 백작, 정녕 버드 미사일의 따끔한 맛을 보고 싶으냐?"

"후후. 너희는 버드 미사일을 쏘지 못할걸! 정의의 특공대는 죄 없는 시민들이 다치는 것을 원하지 않을 테니까. 크핫하하하."

"으. 이놈들 영악하군. 그걸 이미 알고 있다니!"

"게다가 남 박사가 버드 미사일 사용을 금지하지 않았나?"

"아니, 그것까지!"

맹금류 오 형제는 깊은 고민에 빠졌다.

버드 미사일을 쏘자니 타워 안에 있는 시민들이 위험하고, 그냥 이대로 있자니 기계 괴수 드래곤이 문제였다. 드래곤은 타워의 전기를 모두 흡수하면서 동시에 나쁜 독을 건물 안으로 뿜고 있었다.

E3호 유미가 탄식했다.

"아. 이럴 때 불새만 될 수 있다면!"

모두가 같은 생각이었다.

불새가 되어서 저 드래곤이 칭칭 감고 있는 타워의 주변을 쓱 날기만 해도 드래곤은 흐느적거리며 감고 있는 힘을 놓아버릴 텐데. 불새의 열과 에너지는 기계 괴수의 천적이니까.

하지만 지금은 그게 불가능했다.

남 박사가 구형 X 피닉스의 구조를 전부 새롭게 바꾸어서, 지금의 X 피닉스는 불새가 될 수 없었다.

방법은 오직 하나, 남 박사가 설계한 새로운 방식대로 정신을 초집중해서 다섯 독수리 중 한 명이 불새가 되어야만 했다.

그러나 맹금류 오 형제는 이미 불새가 되는 모의실험에 실패한 상태다.

"으아 아아. 하필 지금 저놈들이 난동을 부리다니!"

E1호 건이 화를 내며 쾅, 계기판을 주먹으로 쳤다.

유미가 말했다.

"건, 흥분을 가라앉혀. 그러지 말고 다시 정신을 집중해서 우리 중 누군가가 불새가 되도록 해보자. 응?"

건은 고개를 저었다.

"위험해. 그러다가 실패하면 우리는 진이 빠져서 더 싸울 수 없어!"

의외였다.

모의실험 때는 그토록 시도하려는 의지가 강했던 건이 실전에서는 불새 작전을 거부하고 있었다.

'이기려는 의지가 없는 게 아닐까? 설마.'

유미는 속으로 의아한 생각이 들었다.

E2호 혁 역시 고개를 저었다.

"건의 말이 옳아. 이건 실전이야. 그건 연습 때나 하는 거라고!"

동생인 E4호 병도 끼어들었다.

"유미 누나. 박사님이 위험하다고 하셨잖아. 아까 모의실험 때는 한 번이면 충분하다며 그만하자더니, 인제 와서 자꾸 불새가 되자는 건 무슨 소리야? 너무 이율배반적이야!"

"뭐야? 요것이!"

다른 독수리 멤버들과 달리 E5호 용은 묵묵히 조종간만 잡고 있었다.

그때였다.

커다란 모니터 화면에 뉴스가 나왔다.

"KNBC 뉴스 강달봉입니다. 지금 롯데타워에 게레로로쉐의 기계 괴수 드래곤이 출현했습니다. 주말에 즐거운 시간을 보내던 시민들은 순식간에 지옥을 맛보고 있습니다! 타워 안에 갇힌 사람들은 간절히 도움을 호소하고 있지만, 누구도 타워에 갇힌 시민들을 구할 수 없는 상황입니다."

타워 안에 갇혀 드래곤이 내뿜는 화마에 고통스러워하는 시민들의 모습이 화면에 그대로 담겨있었다.

"당장 꺼!"

이렇게 외친 이는 E1호 흰독수리 건이었다.

건은 헬멧을 벗어 던지고 고개를 숙인 채 머리를 헝클어 트리며 부들부들 떨고 있었다.

"못 보겠어. 저들이 힘들어하는 모습을! 나는, 나는 으아 너무 괴로워."

누구보다 책임감이 강하고 지구방위대의 의무를 중요시 하는 건이 저런 비참한 장면을 보았으니, 여간 고통스럽지 않 을 거라고 유미는 생각했다.

건이 불쑥 고개를 들고 말했다.

"그래! 그 방법뿐이야. 내가 드래곤의 등에 올라타겠어."

유미는 건을 말렸다.

"그건 의미 없는 죽음이야. 저들은 어쩌면 건이 그렇게 나 오길 기다리고 있을 거야. 건이 명예를 목숨처럼 여기는 걸 나도 잘 알지만 이건 너무 무모해. 건 혼자서는 드래곤을 이 길 수 없어."

하지만 건은 고개를 저었다.

"설사 지더라도 나는 해야만 해. 리더이자 남자인 내가 희 생할 수밖에 없어."

"희, 희생? 갑자기 웬 희생?"

"그래, 유미 네 말처럼 저들은 아마 내가 혼자서라도 나타날 걸 예상하며 기다리고 있을지도 몰라. 그렇다고 해도, 나는 갈 거야. 가서 죽을 거야. 나는 장렬히 산화하면서도 영광스럽겠지. 하늘에서도 너희를 위해 싸울게."

"하늘은 무슨! 지금 제대로 싸우라고!"

"유미, 모르겠어? 나는 맹금류 오 형제의 일 호이자 리더야. 나는 지금 죽을 줄 알면서도 이 길을 택하는 거라고!"

"건, 넌 너무 허식이 많아. 책임감을 혼자 떠안지는 마. 일 호는 그냥 독수리의 순서일 뿐, 희생을 감내해야 하는 역할이 아니라고. 승산 없는 싸움에 목숨을 버리지 마."

건도 죽음이 무서운지 몸은 바르르 떨고 있었다.

그러나 건은 결코 내뱉은 말을 주워 담지 않았다.

유미는 최선을 다해 건을 설득했다.

"머리를 맞대고 이길 방법을 찾아야지. 죽는 걸 생각하면 어떡해. 다시 한번 불새를 만들어 보자. 우리가 집중하면 될 거야. 그리고……."

"불새는 잊어버려. 나는 결심했어. 간다!"

"기다려, 아직 내 말이 다 끝나지 않았어! 건!"

유미가 불렀지만, 건은 흰 날개를 펄럭이며 조종실 문을

맹금류 오 형제

열고 밖으로 달려 나갔다.

그러자 X 피닉스 내부의 스피커에서 음악이 흘러나왔다.

슈파슈파슈파-

우렁찬 엔진 소리

"날개 펴!"

X 피닉스에서 빠져나간 건 그렇게 외치며 날개를 펴고 허공을 날았다.

그 순간,

징-

기계 괴수 드래곤의 두 눈에서 뻗어 나온 광선에 건은 그만 흔적도 없이 타 죽고 말았다.

유미는 눈을 가렸다.

모니터에 골든베르크 백작이 나타나 말했다.

"크핫하하. 실로 의미 없는 개죽음이군! 남자들이 흔히 가지는 명예욕이 부른 참사야."

정말로 그랬다.

이 명예롭고 거룩한 희생을 눈치채는 사람은 한 명도 없었다.

그때 모니터에서 다시 뉴스가 나왔다.

"지구방위대 맹금류 오 형제는 간을 보듯 주변을 선회하고 있을 뿐, 어떠한 공격도 하지 않고 있습니다. 시민들은 맹금류 오 형제를 '겁쟁이 오 형제'라고 외치고 있습니다. 현장 연결합니다."

그리고 화면은 현장을 비췄다.

높은 탑을 칭칭 감고 있는 기계 괴수 드래곤과 그 주변을 어쩔 줄 모른 채 돌기만 하는 X 피닉스의 모습이 보였다.

아래에서는 시민들이 롯데타워를 올려다보며 절망스러운 표정을 짓고 있었다.

"맹금류 오 형제는 아무런 공격도 하지 않고 있어!"

"비겁해!"

"우리가 맹금류 오 형제를 믿었던 게 실수야!"

"겁쟁이 오 형제!"

"참새 오 형제!"

"맹물 오 형제!"

시민들은 전부 한목소리로 그렇게 외치고 있었다.

"당장 꺼!"

맹금류 오 형제

이번엔 E2호 콘도르 혁이 소리쳤다.

혁이 계기판을 쾅! 주먹으로 쳤다.

"멍청한 시민들!"

혁은 건과 달랐다. 위험에 빠진 시민들을 구할 수 없다는 자괴감보다도 시민들이 맹금류 오 형제를 겁쟁이라고 말한 것에 큰 상처를 받았다.

혁은 부들부들 떨었다.

"겁쟁이라니! 감히 맹금류 오 형제에게 그런 말을 할 수 있어? 우리가 얼마나 많이 구해줬는데! 좋아. 겁쟁이가 아니란 걸 보여주겠어. 강한 게 뭔지 보여주고 말 테야! 당장, 버드 미사일을 쏘겠어! 버드 미사일을 쏘면 시민들도 우리가 강한 걸 똑똑히 알겠지!"

유미가 말렸다.

"그만둬, 혁. 아까도 말했지만, 버드 미사일을 쏘면 타워 안의 시민들이 전부 다쳐!"

E4호 병과 E5호 용도 유미의 말에 동의했다.

"유미 누나 말이 맞아. 혁이 형. 게다가 남 박사님의 허락이 있어야만 버드 미사일을 쏠 수 있다고. 박사님이 허락하지 않을 거야!"

그러자 혁이 말했다.

"흥, 건이 없으니 이젠 너희가 반대하는군. 그럴 줄 알고 남 박사님 몰래 내 E-2호 머신에도 버드 미사일을 장착해 놓았어. 그걸 쏠 거야. X 피닉스에서 쏘는 버드 미사일은 남 박사님의 허락이 필요하겠지만, 내 머신에서 쏘는 건 허락받을 이유가 없어!"

유미는 혁의 팔을 잡고 말렸다.

"혁, X 피닉스에서도 조준이 어려운데, 차에서라면 더더욱 미사일을 조준하기 힘들어. 드래곤의 대가리가 아니라 타워를 맞히고 말 거야. 게다가 너의 머신은 경주용 차라서 하늘을 날 수도 없다고!"

혁이 말했다.

"아니, 나는 드래곤의 대가리를 정확하게 조준할 거야. 그러면 타워 안의 사람들은 무사해. 그리고 경주용 차가 점프했을 때 순식간에 쏘면 돼. 저리 비켜!"

혁이 유미를 밀쳤다.

"악!"

유미가 바닥에 쓰러졌다.

혁은 유미에게 손가락질했다.

"너는 늘 이런 식이야. 이것도 안 되고, 저것도 안 되고. 건은 네 말을 다 들어줬을지 모르지만 나는 아니야. 나는 건처럼 나약하게 구는 소년이 아니라고!"

"제발 강한 척하지 마. 강할수록 부러지기 쉬워. 강한 게 이기는 건 아니라고!"

"흥. 하나만 알고 둘은 모르는군. 이건 맹금류 오 형제와 게레로로쉐만의 싸움이 아니야. 맹금류 오 형제와 여론의 싸움이라고. 그걸 왜 몰라? 우매한 시민들에게 우리의 강한 모습을 보여줘야 한다고! 그리고 난 진짜로 강해. 알겠어? 버드 미사일이 바로 그 증거야. 시민들에게 맹금류 오 형제가 얼마나 강한지 알려주고 말 테야!"

"기다려. 혁. 아직 할 말이 남았어!"

유미가 불렀지만, 혁은 조종실 문을 열고 달려 나갔다.

어김없이 내부의 스피커에서 음악이 흘러나왔다.

슈파슈파슈파-

우렁찬 엔진 소리

쿠오오오오.

하늘에 떠있는 X 피닉스의 주둥이가 열리고 혁의 E-2호 머신인 경주용 차가 모습을 드러냈다. 무게 구백팔십 킬로그램의 날렵한 육기통 경주용 차인 혁의 머신 등 쪽에 거대한 버드 미사일 두 대가 장착되어 있었다.

혁이 외쳤다.

"E-2호 발진!"

드디어 혁의 경주용 차가 X 피닉스에서 나와 허공으로 점프했다. 그러나 혁이 예상하지 못한 부분이 있었다.

버드 미사일 하나의 무게는 무려 삼 톤이라는 것을.

그런 버드 미사일을 한 개도 아니고 두 개나 달고 점프했으니, 그것은 아기가 거인을 엎고 있는 격이었다.

"으아 아아."

경주용 차는 버드 미사일을 쏴보지도 못한 채 맥없이 추락해서 석촌호수에 빠지고 말았다.

잠시 후 혁의 시신이 물 위에 둥둥 떴다.

유미는 두 손으로 얼굴을 가렸다.

모니터에 골든베르크 백작이 나타나 말했다.

"크핫하하. 실로 허세가 넘치다 못해 폭발해서 개죽음을 맞았군! 남자들이 흔히 가지는 강한 척하는 병이지."

E4호 병이 유미에게 속삭였다.

"유미 누나, 나에게 좋은 꾀가 있어."

"뭔데?"

"누나랑 인질들을 바꾸는 거야."

병은 음흉한 눈매로 미소를 지었다.

"뭐? 나랑?"

"게레로로쉐의 우두머리 골든베르크 백작은 원래 누나의 유치원 친구였잖아. 그런데 누나에게 차인 후 나쁜 마음을 먹고 게레로로쉐 무리에 들어간 거잖아. 안 그래?"

그랬다.

골든베르크 백작의 진짜 이름은 박수용.

과거 유미의 어린이집 친구이자 유치원 친구였다.

수용이는 오래전부터 유미를 좋아했으나 지구방위대 독수리 멤버인 유미 옆에는 늘 같이 훈련하는 건과 혁이 있었다. 수용은 유미가 건과 혁을 좋아한다고 생각했다. 그래서 스스로 마음의 상처를 입고 초등학교와 중학교, 고등학교에 진학하지 않고 악의 무리에 들어갔다.

"미쳤니? 너, 지금 친누나를 악당에게 넘기려는 거야?"

그러자 병이 웃으며 말했다.

"아니지. 누나, 내가 아까 꾀라고 말했잖아. 누나를 넘길 생각은 없어. 그러니 걱정하지 마. 나는 건이 형이나 혁이 형 같은 방법으로 남자다움을 내세우는 건 잘못이라고 생각해."

"도대체 무슨 말을 하고 싶은 거니? 건과 혁은 훌륭한 소년이었어."

병은 검지로 자기 머리를 톡톡 쳤다.

"진정한 남자는 말이야, 머리를 잘 쓰는 사람이야. 나처럼."

"대체 무슨 생각을 하고 있는 건데?"

"누나와 꼭 닮은 마네킹을 이용하는 거야. 창고에 있잖아!"

"창고!"

그제야 유미는 병이 하는 말을 이해할 수 있었다.

지금 X 피닉스 창고 안에는 유미와 구분할 수 없을 만큼 닮은 마네킹이 있었다.

유미뿐 아니라 건, 혁, 병, 용과 닮은 마네킹도 있다.

일전에 남 박사가 동료를 구하는 모의훈련을 할 때 사용했던 더미(인체 모형)였다.

"골든베르크 백작에게 누나 마네킹을 넘겨주는 거야. 인질이 무사히 풀려나면 그땐 놈이 마네킹인 줄 알아차려도 늦어버린 거지. 어때?"

유미는 곰곰이 생각했다.

나쁜 계책은 아니지만, 자기를 똑 닮은 마네킹을 미끼로 사용하는 게 좀 기분이 나빴다.

"계책을 써야 한다면 어쩔 수 없겠지만……."

"방법은 이것뿐이야! 불새가 되지 못하면 머리를 써야 이기는 거라고!"

"누가 접선하지?"

"당연히 나지. 누나는 가만히 있어. 내가 다 알아서 할 테니까. 원래 이런 건 남자가 하는 거야."

병은 그렇게 말하고 제멋대로 골든베르크 백작에게 연락했다.

화면에 골든베르크 백작이 나타났다.

"무슨 일이냐? 맹금류 오 형제, 아니 이제 삼 형제라고 해야 하나? 크핫하하. 포기하겠다고 말할 거라면 들은 걸로 하지. 그만 저 멀리 조용히 사라져라."

E4호 병이 말했다.

"골든베르크 백작, 우리 맹금류 오 형제의 E3호 유미를 내줄 테니까 인질들을 풀어줘. 어때?"

그 말에 골든베르크 백작의 눈이 흔들렸다.

"타워 안의 인질과 E3호 고니 유미를 바꾸자?"

"그래. 접선은 상공, 우리 X 피닉스 위에서 한다. 단, 너 혼자 와서 인계해야 해. 꽁꽁 묶은 E3호 고니 유미를 인계해 가라."

골든베르크 백작은 한참 동안 고민하는 표정을 지었다.

"음. 좋다! 단, 인질은 지금 반을 풀어주고, 유미가 우리 쪽에 인계되면 나머지 반을 풀어주겠다."

"오호. 인질을 반으로 나눠서 보험을 들다니. 백작도 머리가 나만큼 좋군. 꽤 남자다워. 좋아! 그렇게 해."

병이 수락했다.

골든베르크 백작이 말했다.

"사내와 사내의 약속이니까 꼭 지키는 거다! 만약 이상한 짓을 한다면 인질들은 모조리 저세상 사람이 된다는 것만 알아둬라. 꼬맹이!"

"꼬맹이라고 하지 마! 그건 내가 제일 싫어하는 말이야! 그리고 너야말로 약속이니 꼭 지켜!"

골든베르크 백작이 화면에서 사라지자, 유미는 병에게 크게 화를 냈다.

"아무리 생각해도 위험해. 마네킹인 걸 들키면 어쩌려고 그래? 인질의 목숨이 되레 위험하다고!"

"걱정하지 마. 남 박사님이 만든 훈련용 마네킹은 진짜보다 더 진짜 같으니까."

"병, 나한테 다른 방법이 있어. 그러니까……."

"또 정신을 집중해서 불새가 되어보자고? 이미 늦었어. 자, 그럼 나갔다 올게."

"병!"

병은 X 피닉스의 조종실 밖으로 달려 나갔다.

슈파슈파슈파-

우렁찬 엔진 소리

약속대로 골든베르크 백작은 타워에 갇힌 인질의 반을 먼저 풀어주었다. 그리고 게레로로쉐 우주선을 타고 X 피닉스 옆으로 다가왔다.

하늘을 날고 있는 X 피닉스 위에 E4호 제비 병과 밧줄로 묶인 E3호 유미가 서있었다.

X 피닉스가 엄청난 속도로 날고 있어서 그 위는 일반인이

라면 일 분도 서있을 수 없을 정도의 강한 바람이 불고 있었다.

그러나 지구방위대 E4호 제비 병에게 이런 바람 따윈 아무런 영향을 미치지 않았다.

파닥파닥.

병과 유미의 날개가 세찬 바람에 펄럭였다.

물론 유미는 진짜가 아닌, X 피닉스 창고 안에 있던 남 박사가 만든 마네킹이었다.

쿠오오옹.

천천히 접근한 게레로로쉐 우주선에서 골든베르크 백작이 뛰어내렸다.

순간, 병이 잡고 있던 유미를 놓았다. 유미 모양의 마네킹은 세찬 바람을 타고 저 뒤 구름 너머로 사라져 버렸다. 유미가 떨어져 버리자, 골든베르크 백작은 당황했는지 멍하게 서 있었다.

"이야 합!"

병이 자신의 무기, 두 개의 추가 달린 크래커를 던졌다.

크래커에 돌돌 몸이 감긴 골든베르크 백작은 중심을 잡지 못하고 쓰러지려고 했다.

'저 악당이 몸이 묶인 채 종이처럼 날아가 버리면 안 돼'

맹금류 오 형제

병은 재빨리 날아가 골든베르크 백작을 잡아챘다.

"헤헤헤. 유미 모양의 마네킹인 걸 몰랐지? 지금부터 유미 누나가 아니라, 네가 인질이 될 거야, 골든베르크 백작!"

그런데 이상했다.

크래커에 꽁꽁 묶인 골든베르크 백작은 아무런 말을 하지 않았다.

자세히 보니, 맙소사!

골든베르크 백작 또한 마네킹이었다.

X 피닉스 안에서 모든 것을 지켜보던 유미와 용 또한 벌어진 입을 다물 줄 몰랐다.

"맙소사, 병이 되레 속았어!"

X 피닉스 옆에 떠있는 게레로로쉐 우주선에서 진짜 골든베르크 백작의 목소리가 퍼져 나왔다.

"하하하. 요 변성기도 지나지 않은 꼬마야. 어딜 감히 나를 속이려고! 내가 유미를 좋아하는 걸 알고 마네킹을 이용할 줄 벌써부터 알고 있었다. 그래서 나도 내 모습을 본뜬 마네킹을 준비했지. 너는 자기 머리만 믿고 설치는 애송이에 불과해. 진정한 남자란 잔꾀가 아니라 지혜가 있어야 하는 법이지!"

그 말이 끝나기 무섭게 게레로로쉐 우주선에서 병 쪽으로 광선이 날아왔다.

"앗. 병! 위험해!"

유미가 소리쳤지만, 붉은 광선은 병의 몸을 무참히 관통했다. 병은 아까 자신이 날려버린 유미 모양의 마네킹처럼 멀리 사라져 버렸다.

허공에서 바람을 타고 골든베르크 백작의 웃음소리가 울려 퍼졌다.

"크핫하하. 실로 자만이 부른 개죽음이군! 남자들이 흔히 저지르는 실수야. 제 꾀에 제가 속아 넘어간 거지. 그것도 자만이라고."

친동생마저 잃은 유미는 절망했다.

팟.

모니터에 골든베르크 백작이 모습을 드러냈다.

"이 나쁜 악당. 우리 맹금류 오 형제의 독수리들이 모두 너 때문에 죽었어!"

"유미, 그리고 용. 이제 맹금류 오 형제도 너희 둘만 남았군. 내가 너희에게 거절할 수 없는 제안을 하나 하지."

"뭐냐?"

"둘 중 하나가 일 년 동안만 우리의 인질이 되는 것이다.

그러면 타워 안에 있는 인질을 전부 풀어주겠다. 내가 유미를 좋아했던 마음은 일찌감치 버렸으니, 둘 중 누가 인질이 되어도 상관없다."

"무슨 꿍꿍이냐?"

E5호 부엉이 용이 물었다.

백작이 답했다.

"꿍꿍이? 별거 아냐. 너희 중 하나를 꽁꽁 묶어 무릎을 꿇린 후, 그 모습을 전 세계에 전송하려는 것뿐이다. 그렇게 우리의 위대함을 알리는 거지. 맹금류 오 형제도 우리에게 무릎을 꿇었다는 광고 말이야!"

유미가 화난 목소리로 외쳤다.

"그따위 광고에 협조할 것 같으……."

"유미, 잠깐!"

용이 유미를 말렸다.

E5호 부엉이 용이 나섰다.

"골든베르크 백작. 우리가 너를 어떻게 믿지? 나나 유미가 인질이 되는 순간, 우리를 죽이고 저기 타워 안에 있는 시민들도 죽인다면?"

"그럴 생각 없다. 다섯 중 셋이 죽었으니 맹금류 오 형제도 더는 우리에게 위협이 되지 않으니까. 너희는 어떨 때는 다섯 사람, 어떨 때는 한 사람! 실체를 보이지 않고 몰래 다가가는 하얀 그림자라며? 하지만 이젠 아니지 않나? 어쩔 테냐? 제안을 받아들이겠나?"

"잠깐 생각할 시간을 줘."

용이 말했다.

"십 분이다. 더는 없다."

팟.

모니터가 꺼졌다.

"용, 왜 그래? 정말 협상할 생각이야?"

유미의 말에 용은 고개를 끄덕였다.

"응. 내가 인질이 될게."

부엉이 용이 X 피닉스의 자동항법장치 버튼을 누르고 조종석에서 손을 떼고 일어났다.

"안 돼. 용. 네가 없으면 X 피닉스를 조종할 존재가 사라지는 거야."

용이 가까이 다가왔다.

용은 유미의 두 눈을 이리저리 슬프게 바라보며 말했다.

"유미, 나는 기꺼이 죽을 거야. 그렇게 해줘. 유미 네가 살아야 해."

그의 눈에서 깊은 상념의 빛이 흘렀고, 곧 맑고 투명한 물이 고여 내렸다.

용은 울고 있었다.

"용, 너 설마, 나를 좋아하니? 그런 거야?"

유미가 떨면서 말했다.

용은 말없이 유미를 바라보다가 한참 만에 입을 열었다.

"아니."

"아니긴 뭐가 아니야! 난 네 눈을 보면 알 수 있어. 너는 누군가를 좋아하고 있어. 그 눈은 사랑에 빠진 눈이라고! 나는 척 보면 다 안다고!"

유미가 흐느끼듯 말했다.

사실 용은 맹금류 오 형제 중 가장 듬직하고 말수도 적으며, 남자답다고 할 수 있었다. 외모가 좀 뚱뚱했지만.

'이건 아니야. 용! 이건 아니라고.'

유미는 네 소년을 전부 친오빠, 친동생으로 여겼기에 절대로 누구도 이성으로 바라보지 않았다.

이제는 모두 죽고 부엉이 용만 남은 지금, 그가 이렇게 과감하게 다가오면 어떻게 대해야 할까, 유미는 고민이 앞섰다.

용이 말했다.

"유미, 미안하지만 나는 너를 좋아하지 않아. 사실 나, 좋아하는 사람이 따로 있어."

"뭐, 뭐라고? 누군데?"

"지구방위연구소에 애인이 있어. …… 그래, 이렇게 된 마당에 커밍아웃할게. 나, 사실 박민우 박사를 좋아해."

"뭐?"

유미는 입을 틀어막았다.

박민우 박사.

남 박사의 뛰어난 조수이자 지구방위연구소에서 가장 미남인 남자.

용이 박민우를 좋아한다고?

용이 말했다.

"그도 나를 좋아해. 우리는 서로 사랑하는 사이야. 사귄 지 삼 년쯤 됐어. 하지만 누구에게도 그 사실을 말할 수 없었지. 지구방위연구소에서 우리 둘은 늘 죄인처럼 숨어서 만나야만 했어. 내내 괴로웠어. 우리가 서로 사랑하는 게 알려지면 난 맹금류 오 형제에서 쫓겨날지도 몰라. 남 박사님이 가만두지 않을 테니까. 나는 그 중압감에 점점 우울 증세를 겪었고, 그

때문에 그와 자주 다퉜지. 그러다가 일주일 전에 크게 싸운 후 우리는 헤어지기로 했어."

"저, 저런."

"이제 나는 의욕이 없어. 맹금류 오 형제에서 X 피닉스를 조종하며 지구를 지킬 의욕도, 다시 누군가를 사랑할 의욕도, 또 살아갈 의욕도 없어. 그럴 바엔 시민을 구하고 일 년간 저들의 인질이 되는 것도 나쁘지 않겠다는 생각이 들어. 그러니 내가 잡혀갈게. 유미, 부디 민우한테 사랑했다고 전해줘."

"바보같이!"

찰싹.

E3호 유미가 E5호 용의 뺨을 때렸다.

찰싹.

찰싹.

두 번 더 연달아 손바닥이 날아왔다.

용은 정신이 번쩍 든 눈으로 유미를 바라보았다.

"용. 너는 진짜 멋진 남자야. 나는 너의 사랑을 지지하고 응원해. 하지만 이럴 때일수록 용기를 내서 연구소에 당당하게 너의 진심을 밝혀야지, 왜 도망가려고 하니?"

"유, 유미."

"맹금류 오 형제에 속해서 활동해 보니 너희 소년들이 얼마나 바보 같은지 알겠어. 한 녀석은 희생해야만 남자답다는 명예욕에 사로잡혀 목숨을 버렸고, 또 한 녀석은 강해야만 남자답다는 강박 때문에 무모한 시도를 하다 죽더라. 똑똑해야남자답다는 자만에 빠졌던 녀석도 결국 죽고 말았지. 너는 그셋과는 다르지만, 두려움과 자책감에 남자다움을 포기하려고해! 이게 뭐니? 그렇게 하지 않아도 너희는 아주 멋지고 잘난소년들이야. 도대체 이게 뭐냐고! 각자 자기가 만든 굴레에갇혀 허우적대고 있잖아! 남자다워야 한다는 강박을 버려야진짜 남자가 되는 거라고. 나도 맹금류 오 형제의 멤버야. 그런데 너희가 굳이 날 보호해야 하는 이유가 뭔데? 남자가 먼저 행동해야 한다는 생각은 대체 왜 하는 건데? 그래서 도래한 결과가 뭐야? 무모한 죽음뿐이잖아."

"유, 유미야, 진정해."

"박사님도 그래, 왜 자꾸 우리를 '소년들'이라고 부르는 거냐고! 난 뭐야? 오 형제면서 나를 왜 끼워 넣은 건데? 오 남매라고 해야지, 왜 오 형제냐고? 건이나 혁, 병이 남자들만 지구를 지켜야 한다고 생각했던 건 어른인 박사님으로부터 배운거야. 어른들의 잘못이 크다고! 지구는 모두가 지켜야 하는 거야. 용감하게, 현명하게, 머리를 맞대고 함께! 너도, 나도, 박사님도 전부! 그리고 나는 왜 너희 소년들이 제멋대로 하는 걸 말리다가 시간을 다 보내야 하냐고!"

부엉이 용은 건과 혁, 그리고 병이 들어야 할 말을 혼자서 다 받아내는 것 같다고 생각했지만, 유미가 워낙 흥분해서 말하는 바람에 아무 대꾸도 하지 못했다.

"미안하다, 유미."

유미는 흥분을 가라앉히고 고개를 가로저었다.

"네가 미안할 일은 아니야. 이건 전부 고지식한 어른들이 만든 부조리한 관념일지도 몰라. 우리 소년 소녀들은 그들이 만든 환경에 세뇌되었던 거지."

E3호 유미는 자리에서 일어났다.

"어딜 가려고?"

"용, 넌 게레로로쉐의 인질이 될 필요가 없어. 내가 불새가 되어서 저들을 물리치면 되니까."

"부, 불새?"

유미는 그제야 부엉이 용에게 비밀을 털어놓았다.

자기가 불새라고.

남 박사가 세운 새로운 불새 프로젝트는 건, 혁, 병, 용의 정신을 합쳐 유미가 불새가 되는 것이었다. 하지만 미리 말하면 건, 혁, 병, 용은 왜 자기가 불새가 되지 않느냐고 따질 것이기에 숨겨야 했다.

용은 불새 모의실험을 할 때 남 박사가 유미에게 특히 정신을 집중하라고 말한 사실이 그제야 떠올랐다.

박사는 불새의 주체를 유미로 설정한 것이다.

그러나 건, 혁, 병, 용이 정신을 집중해 주지 못해 유미는 불새가 되지 못했다.

"당장 불새가 돼야겠어! 그래서 저 시민들을 구하겠어."

그러자 용이 말했다.

"아무리 네가 불새로 정해졌다고 해도 네 명의 독수리가 정신을 몰아줘야만 해. 지금 멤버는 나밖에 없는데, 유미 네가 어떻게 불새가 된다는 거야?"

유미가 계기판을 가리키며 말했다.

"모르겠어? X 피닉스 조종석에 있는 이 버드 미사일 버튼을 누르면 나는 바로 불새가 돼!, 이번에 남 박사님이 그렇게 업그레이드를 했다고!"

"뭐, 뭐라고? 그럼, 진작 말을 했어야지. 건, 혁, 병이 애꿎게 죽었잖아!"

"나는 계속 말리면서 진실을 말하려고 했는데, 지들이 먼저 달려 나갔잖아! 자기들이 죽음을 자초했다고. 봤잖아! 너도."

용은 입을 다물 수밖에 없었다.

사실이었다.

건, 혁, 병의 고집을 일관되게 말린 이는 유미였다.

유미는 최대한 그들의 오류를 지적하면서 다른 방법이 있노라고 말했다. 그러나 그들은 그런 유미를 무시했다. 유미가 아무리 불러도 유미의 말은 듣지 않고, 조종실 문을 열고 달려 나갔다.

각자 소년다운 개똥철학을 내세우며.

자리를 박차고.

E3호 고니 유미는 X 피닉스 조종석에 부착된 초버드 미사일 버튼을 보호하는 유리 케이스를 열었다.

그리고 가볍게 붉은 버튼을 눌렀다.

어느새 유미의 몸은 사라졌다.

용이 내다보니 저 밖, 상공에 X 피닉스와 나란히 커다랗고 붉은 새가 날고 있었다.

불새였다.

꺅.

유미는 하늘 높이 날아올랐다.

힘을 내라!

맹금류 E3호 고니 유미!

슈파슈파슈파─

기둥

정해연

"아빠 말씀 못 들었어? 아빠가 없으면
내가 아빠 대신이야. 괜히 뻗대지 말고,
오빠 말이 아빠 말씀이라 생각하고 잘 새겨들어."
허, 태경의 입에서 기막힐 때 나오는 웃음이 터져 나왔다.
고작 네 살밖에 많지 않은 주제에,
자기도 겨우 고등학생이면서 어른인 척을 한다.

남자다움이라는 말에서 요구되는 인내와 용감한 행동은
인간에게 중요한 가치라고 평가받습니다.
그 중요한 것들이 족쇄가 되는 순간에 대해
우리는 한 번쯤 생각해 볼 필요가 있습니다.

1

"아빠가 없을 땐 네가 아빠 대신이다. 엄마와 동생을 잘 부탁한다. 네가 이 집의 기둥이야."

육 개월 전, 아빠가 마지막 말을 남긴 그 순간, 태수는 어깨가 무겁다는 말의 뜻이 무엇인지 체감할 수 있었다. 장례식장에서 울다 혼절한 엄마와 누가 말을 걸더라도 내내 엉엉 울기만 하는 여동생 태경을 보면서, 저 두 사람만큼은 자신이 여봐란듯이 지켜내겠다고, 아버지 영정사진에 대고 약속했더랬다. 앞으로 두 사람을 위해 살 자신이 있었다.

그런데 도대체 태경이는 왜 저러는지 모르겠다.

"아, 짜증 나! 저리 가라고!"

태경은 태수를 떠밀어 내더니 이내 발길질하는 시늉까지

했다. 태수가 더는 참지 못하고 버럭 소리를 질렀다.

"너 지금 그걸 교복이라고 입었냐? 엄마, 쟤 교복 새로 맞춰줘야 한다니까!"

"아침부터 얘들이 왜 그럴까. 정신 사나워 죽겠네!"

엄마는 마지막 말에서 성량을 힘껏 올리며 손뼉을 짝짝 쳤다. 삼십 센티미터짜리 자를 휘두르며 태경을 따라가던 태수와 마치 벌레라도 붙은 것처럼 몸을 떨어대며 지긋지긋해하던 태경이 동시에 엄마를 보았다. 엄마는 한 손으로 싱크대를 짚고 섰다.

"문제가 뭐야?"

태수가 씩씩대며 대답했다.

"태경이 치마."

"짜증 나."

태경이 입술을 일그러트리며 말하자, 태수가 노려보았다.

"쟤, 저게 교복 치마냐고. 엄마! 직장인들도 저렇게는 안 입겠다."

"요즘엔 다 이렇게 입는다고!"

태경의 치마는 몸에 딱 붙어 하반신의 굴곡이 그대로 다 드러날 정도였다. 게다가 이 학기에 들어서면서 키가 더 큰 덕분에 길이도 상당히 짧아졌다. 그러나 요즘 다들 이렇게 입는다는 것이 태경의 주장이었고, 학생이 그런 옷을, 그것도 여학생이 그렇게 입으면 위험하고 보기에도 안 좋다는 것이 태수의 주장이었다. 엄마가 대답을 내놓기도 전에 두 사람의 싸움은 다시 시작됐다.

"우리 반 애들은 하나도 그렇게 안 입거든?"

"뻥까고 있네. 그 언니들은 다 조선 시대에서 왔니?"

짝짝! 말다툼이 끝나지 않을 것 같아 보이자, 엄마는 다시 한번 손뼉을 쳤다. 이번에는 훨씬 엄한 얼굴이 되어있었다. 비로소 두 사람의 입이 다물렸다.

"학교 갈 시간이 코앞인데 언제까지 그러고 있을 거야? 태수 말이 무슨 소린지는 알겠는데, 오늘은 그만해. 태경이 치마는 저녁에 엄마가 손 좀 볼게. 밑단을 뜯으면 길어질 거야."

"엄마!"

태경이 비명 같은 소리를 내질렀다. 스읍, 엄마가 눈을 매섭게 뜨며 소리를 내자 태경은 입을 꾹 다물었다.

"엄마가 봐도 치마가 짧긴 좀 짧아."

일그러진 얼굴이었지만 싫다는 소리 못 하는 태경을 보니, 태수는 그제야 마음이 흡족했다. 식탁에 앉았다. 하지만 태경은 장승처럼 서서 여전히 표정을 풀지 않았다. 태수가 태경을 향해 중지와 엄지를 부딪쳐 딱 소리를 냈다. 그 소리에 태경이 고개를 돌리자, 태수가 얼른 앉으라는 듯이 고갯짓했다. 태경이 발을 일부러 쿵쿵 찧으면서 다가와 옆에 앉았다. 여전히 짜증스러움이 가득 담긴 몸짓으로 수저를 들었다.

"어허, 어디 엄마가 수저도 안 집으셨는데!"

"짜증 나!"

태경은 수저를 탁 소리가 나도록 내려놓으며 태수에게 소리를 질렀다.

"왜 아침부터 시비야? 언제부터 엄마가 먼저 식사하셨어? 엄마가 늦게 출근하는 날은 우리 등교한 다음에 식사하시는 거 몰라? 그럼, 엄마 출근 맞춰 밥 먹고 등교할까? 한 삼 교시쯤 들어가면 되겠네. 응?"

아차, 태수는 눈썹을 쓱 밀어 올렸다. 의류 판매장에서 교대 근무를 하는 엄마는 출근 시간이 일정하지 않았다. 오늘은 늦게 나가는 날이다. 엄마 자리에는 아직 밥도 국도 없다.

"오빠가 잘못 알 수도 있지, 소리를 꽥꽥 지르고 말이야. 다른 데 가서는 그러면 안 된다. 못 배웠다는 소리 들어요."

엄마가 이런 말을 했다면, 태경은 그런가 보다 했을지도 모른다. 하지만 이 말의 주인공은 태수였다. 태경이 수저를 힘껏 쥔 주먹을 부르르 떨자, 또다시 싸움이 시작될 거라고 감지한 엄마가 서둘러 테이블을 두드렸다.

"둘 다 그만 좀 못해! 그리고 태수, 동생 잡는 거 적당히 좀 하고."

"적당히 하라니요, 어머니. 제가 이 집의 기둥……."

"기둥 같은 소리 하네. 그 기둥 어딨는지만 알려줘 봐. 확 뽑아버리게."

"둘 다 그만! 빨리들 밥 먹어. 학교 늦겠다."

엄마가 중재에 나섰다. 태수는 엄마를 향해 깍듯이 고개를 숙였고, 태경은 속이 터진다는 얼굴로 수저를 들고 국그릇을 휘저었다.

태수가 태경을 슬쩍 보며 물었다.

"너 오늘 학원 몇 시에 끝나냐? 영어까지 다하면 아홉 시지?"

태경은 눈을 둥그렇게 떴다. 눈동자에는 불길함이 일렁였다.

"그건 왜?"

태수는 밥을 한 숟가락 푹 떠서 입에 집어넣고는 우물거리며 대답했다.

"어제 뉴스 못 봤냐? 요즘 성추행범이 그렇게 기승이란다. 오빠가 기다렸다가 같이 와줄게."

"미쳤어? 학교 갈 때도 오빠랑 같이 가는데, 왜 집에 올 때까지 같이 와?"

태수의 고등학교와 태경의 중학교는 나란히 붙어있다. 그래서 태수는 태경의 등굣길에 나쁜 녀석들이 꼬이지 않나, 눈을 희번덕거리며 따라붙곤 한다.

엄마가 다시 중재를 시도했다.

"엄마는 오빠 말도 괜찮은 것 같은데? 위험하잖아."

태경은 울상을 지으며 엄마에게 말했다.

"그게 뭐가 괜찮아. 아침마다 오빠랑 같이 학교 가는 것도 애들이 브라더 콤플렉스 있냐고 놀린단 말이야. 그리고 학원 끝나면 학원 차가 데려다주는데 뭐가 위험해?"

"학원 차에서 내리면 뿅 하고 집 안까지 들어오냐? 들어오는 골목길은 어쩔 건데?"

곧장 말대꾸하고 싶지만, 태경은 입을 꾹 다물 수밖에 없었다. 오빠 말이 완전히 틀리지는 않기 때문이다. 그래도 분함은 풀리지 않았다. 몇 년 전까지만 해도 중이병에 걸려서 자기 방에도 못 들어오게 하더니, 이제 고등학교 이 학년이 됐다고 기둥이니 뭐니 하며 어른스러운 척하는 게 눈꼴사나웠다. 어쨌든 태경은 어떻게 해서라도 자유를 찾고 싶었다. 이제야 중학생이 되어 다른 언니들처럼 카페도 다니고, 용돈도 늘었는데 별안간 조선 시대 남자처럼 변해버린 오빠에게 발목을 잡힐 순 없었다.

"학원 끝나면 친구들이랑 스카도 갈 건데 오빠가 거기까지 따라올 거야?"

"스터디카페는 무슨. 집에서 공부해. 아니면 오빠랑 독서실이나 다니든가."

태수는 한마디도 지지 않았다. 태경은 너무 짜증이 나서 발을 동동 굴렀다.

"나도 이제 중학생이야! 내가 알아서 한다고!"

"알아서 하는 거 좋아하네. 겨우 일 학년 된 주제에. 중 일이랑 초딩이랑 뭐가 다르냐? 오빠가 하라는 대로 해."

"싫어!"

"어허, 목소리가 높다."

태수는 태경의 말을 절대로 들어주지 않을 셈이었다. 아버지가 없으니, 자신은 아버지 대신이다. 태경이 다 자라 결혼을 할 때까지 어떻게든 자신이 동생을 지켜야 했다.

2

"아빠가 없을 땐 네가 아빠 대신이다. 엄마와 동생을 잘 부탁한다. 네가 이 집의 기둥이야."

아빠가 그런 말을 해서는 안 된다고 태경은 생각한다. 그런 말씀을 이미 하셨더라도, 장례식이 끝나자마자 풍선처럼 부풀어 오르던 오빠의 어깨, 자신을 지긋이 바라보며 빛내던 오빠의 눈을 봤을 때 태경은 즉시 도망쳤어야 했다. 민주주의의 상징 같았던 우리 집이 오빠의 폭정으로 물들 걸 알았다면, 아빠도 아마 그런 유언은 남기지 않았을 터였다.

"아침부터 왜 그렇게 썩은 표정이야? 무슨 일 있냐?"

태경의 어깨를 툭 치며 옆자리로 와 앉은 사람은 짝꿍 지안이었다. 입학할 때 옆자리에 앉으면서부터 가장 친한 친구 사이다. 학원도 같이 다니고, 시간이 나면 스터디카페에서 종

종 같이 공부한다. 아빠가 돌아가셨을 때도 지안은 엄마와 함께 장례식장에 와주었다. 그 뒤로 더욱 친해져서 지금은 서로 모르는 것이 없을 정도이다. 이 학년에 올라갈 때도 제발 같은 반에 배정되길 바랄 뿐이다.

"내가 무슨 일이겠니?"

태경이 한숨을 푹 내쉬며 대답했다.

"또 오빠가 아침부터 따라붙었군."

쯧쯧, 하고 지안은 혀를 찼다. 태경이 자리에서 벌떡 일어섰다.

"야, 인간적으로 내 치마 짧냐?"

태경은 한 손으로 치맛단을 잡아당기며 물었다.

"몰랐냐?"

지안이 헛웃음을 지으며 이죽거렸다. 태경은 철퍼덕 주저앉았다.

"요즘에 이 정도 안 입는 애가 있냐?"

"그렇지. 다들 그렇게 입지. 그렇다고 안 짧은 건 아니지. 애초에 짧은 줄 알면서도 입는 거 아냐?"

"그런 뜻이 아니야."

지안은 아침에 있었던 일을 이야기했다. 한번 입을 열었

더니 멈추기가 힘들었다. 말미에 가서는 결국 엄마에 대한 성
토로 이어졌다.

"엄마가 문제야. 은근슬쩍 오빠 편을 든다니까? 단을 뜯어
서 내 치마를 길게 만들겠대. 그러기만 해 봐. 아주 싹둑 잘라
버릴 테니까."

"진짜로 그러시겠냐? 오빠가 하도 그러니까 그때만 잠깐
넘기려고 하신 말이겠지."

"몰라! 엄마는 맨날 오빠 편이야."

태경은 멈출 새 없이 툴툴거렸다. 지안은 어깨를 으쓱하며
가방 안에서 교과서를 꺼내려다가 손을 허공에서 멈추었다.

"태경아……."

"응? 왜?"

태경은 어리둥절한 얼굴로 지안을 바라보았다. 지안은 어
딘가를 응시하며 입을 살짝 벌리고는 대답을 못 하고 있었다.
태경이 지안의 시선을 따라 눈길을 옮겼다.

"헉."

태경은 거친 숨을 들이켰다. 하마터면 기절했을지도 모르
는 일이었다. 오빠였다. 옆 학교에 있어야 할 오빠 태수가 복
도 쪽으로 면해 있는 창을 통해 태경이네 교실을 들여다보고

있었다. 태경의 얼굴이 잔뜩 일그러졌다. 태경은 그대로 자리에서 일어나 척척 문가로 걸어갔다. 지안이 그 뒤를 따라왔다. 태경에게 들킨 걸 뒤늦게 알아챈 태수가 흠흠, 목을 가다듬으며 몸을 돌려 밖으로 나온 태경을 맞았다.

"여기서 뭐 하는 거야, 오빠?"

"안녕하세요, 오빠."

"어, 그래. 지안아, 안녕."

태수는 어색한 얼굴로 지안을 향해 손을 흔들었다. 그러는 와중에도 태경은 아랫입술을 깨물며 태수를 무섭게 노려보았다.

"여기서 뭐 하는 거냐고?"

"핸드폰 냈어?"

"뭐?"

제대로 된 대답은 기대도 하지 않았지만, 전혀 예상치 못한 되물음에 태경이 이맛살을 찌푸렸다. 태경이네 학교는 수업 시작 전에 핸드폰을 모두 걷어간다. 핸드폰 보지 말고 수업에 집중하라는 의미이다. 고작 그걸 물어보겠다고 첫 교시 수업 시작 직전에 여기까지 출동했다는 게 믿어지지 않았다. 게다가 아이들이 브라더 콤플렉스니, 시스터 콤플렉스니 하며 놀린다고 말한 게 겨우 몇 시간 전이다. 이쯤 되니 오빠가 정말로 자신을 위해주는 게 아니라는 생각이 들었다. 배려라고는 눈곱만큼도 없다.

"핸드폰 안 내고 수업 시간에 카톡질이나 하고 있을까 봐 그러지."

"내가 알아서 해!"

"알아서 하기는. 꼬맹이가 뭘 안다고. 암튼 수업 잘 받아. 졸지 말고."

태수는 태경의 이마에 손가락을 통 튕겼다. 태경의 얼굴이 점점 붉으락푸르락해지는 것을 태수는 눈치채지 못했다.

"그리고 오늘 학원 앞에서 기다리고 있을 테니까, 끝나면 나랑 같이 집에 가는 거 잊지 말고."

"오빠!"

"아, 저기 오빠……."

태경이 신경질적으로 태수를 부르는 순간 지안이 조심스레 둘 사이에 끼어들었다. 태경은 씩씩대면서 잠시 말을 멈췄고, 태수는 지안을 내려다보았다. 지안이 태수를 똑바로 응시하며 말했다.

"오늘 저 태경이랑 스터디카페 가기로 했는데요, 괜찮죠?

너무 늦지 않을게요."

태수는 오른쪽 옆얼굴을 벅벅 긁으며 잠시 생각에 잠겼다. 태경이 말했으면 집에서 공부하면 되지, 무슨 스터디카페에 가느냐고 했을 것이다. 하지만 동생 친구 앞에서는 나름 거드름을 피우고 싶은가 보다. 이렇게 생각하며 태경은 몰래 헛웃음을 지었다.

"넌 전화번호가 뭐니?"

태수가 주머니에서 작은 수첩과 볼펜을 꺼내 지안에게 내밀었다. 지안은 당황한 듯 태경과 태수를 번갈아 보다가 작은 목소리로 "네?" 했다. 태수는 당연하지 않으냐는 얼굴로 대답했다.

"당연히 같이 있는 친구 번호를 알아야지. 무슨 일이 생기면 내가 전화할 거 아냐. 전화번호 적어."

"오빠!"

지긋지긋하다는 듯 태경이 소리쳤지만, 태수는 물러설 기미가 보이지 않았다. 결국 지안이 전화번호를 적은 뒤에야 태수는 수첩을 주머니에 집어넣었다. 그러고도 시원치 않은지 목을 뻗어 교실을 한 바퀴 훑어보았다.

"너 괴롭히는 사람은 없지?"

"아! 쫌 가라고!"

태경이 소리를 지르며 태수를 마구 밀었다. 태수는 안 그래도 갈 거라며 태경의 손을 뿌리쳤지만, 마지막까지 교실 안을 훑어보는 것을 멈추지 않았다. 정말 지긋지긋한 인간이라고 태경은 그 뒤에다 대고 소리치고 싶었지만, 앞으로 걸어가다 아무것도 없는 평지에서 발을 삐끗하는 태수를 보고는 기가 막혀서 할 말을 잃었다.

돌아보니 지안은 정신을 어딘가에 빼앗긴 듯 멍한 얼굴로 서있었다.

"설마 너희 오빠, 영상통화 걸지는 않겠지?"

"재수 없는 소리 하지 마라. 말이 씨가 된댔다."

지안은 공허한 눈을 돌려 태경을 보았다.

"너희 오빠, 너 남친 있는 거 알면 난리 나겠다."

지안의 말이 귓가에 맴도는 동시에 불길한 상상이 머릿속을 뒤덮었다. 태경은 몸을 부르르 떨었다.

"알면 안 돼. 진짜로."

1318에게 꼭 필요한 지식 쏙쏙, 교양 쑥쑥!

사춘기 수업 시리즈

사춘기
수업
시리즈

쑥쑥 성장하는 1318들이 익히고 알아야 하는 지식을 쏙쏙 모아 놓은 생각학교의 '사춘기 수업 시리즈!' 맞춤법, 문해력, 어휘력 등 궁금하지만 어디에 물어야 할지 모를 지식과 상식을 학교 공부와 연계하여 흥미진진하게 풀어간다. 고교학점제를 비롯해 토론과 논술에 꼭 필요한 능력을 키워보자!

'말'이 '칼'이 될 때
관심과 상처 사이, 한 번쯤 겪어봤을
'말'을 둘러싼 앤솔러지

취미는 악플,
특기는 막말

젊은 작가 5인이 각기 다른 사회적 시선에서 '말'에 대한 이야기를 풀어낸 이 책은, 가벼운 인식에서 비롯된 농담 섞인 혐오 표현들로 인해 발생하는 왕따, 사이버 언어폭력 등 현재 청소년들이 직면한 문제들을 현실감 있게 그려낸다.

김이환, 정명섭, 정해연, 조영주, 차무진 지음 | 276쪽 | 13,000원

★ 2022 경남독서한마당 추천(함께 읽기) ★ 2021 책따세 추천
★ 2021 국립어린이청소년도서관 추천 ★ 2020 책씨앗 추천

3

태수는 자기 교실로 돌아왔다. 바로 뒷자리인 짱돌이 태수의 어깨를 쳤다.

"어디 갔다 왔냐?"

"태경이 교실에."

"또?"

짱돌은 놀라서 눈을 휘둥그렇게 떴다.

초등학교 때부터 친구인 짱돌은 아파트도 바로 옆 단지라 태수와 늘 붙어 다니는 사이다. 초등학교 오 학년 때 장난치다가 둘이 마주 본 상태로 넘어지면서 머리를 부딪쳤는데, 태수만 머리에서 피가 터지고, 친구는 멀쩡한 바람에 그때부터 짱돌로 불렸다. 지금껏 짱돌과는 싸운 적이 단 한 번도 없고, 학원까지 같은 곳에 다니는 절친이다.

"너 좀 심한 거 아니냐?"

"뭐가?"

"너도 좀 있으면 고 삼이야. 언제까지 동생 따라다닐래?"

"아빠가 돌아가시면서 부탁했어. 난 태경이를 지킬 의무가 있어."

"야, 그건……."

그때 수업 종이 울렸다. 뭔가 말하려던 짱돌은 낮게 한숨을 쉬며 자리에 바로 앉았다.

태수는 문득, 수업에 집중해서 공부 열심히 하라고 태경에게 문자를 남기고 싶은 충동이 들었다. 아까 태경에게 말하긴 했지만, 제대로 듣지 않는 것 같았다. 아침에 핸드폰 수거할 때 내지 말걸, 하고 생각했다가 금방 다시 고개를 저었다. 그러면 태경이도 핸드폰을 내지 말아야 하는데, 그랬다가 핸드폰에 정신을 빼앗겨 수업이 뒷전이면 곤란하지, 싶었기 때문이다. 그래도 태경이 친구 지안의 전화번호를 받아놓아서 다행이었다. 태경이 늦거나 무슨 일이 생기면 전화해 볼만한 번호를 알아둔 것은 잘한 일이다. 태경은 매번 자신이 알아서 한다고 큰소리치지만 어림도 없다. 중 일, 이 학기라고는 해도 고작해야 이제 초등학교를 졸업했을 뿐이다. 태경은 아직 어리다. 이 험한 세상에서 장남인 자신이……. 거기까지 생각했을 때 선생님이 문을 열고 들어오셨다.

수업이 시작됐다.

수업이 끝난 뒤, 짱돌이 기다렸다는 듯이 물었다.

"태수야! 오늘 학원 끝나고 독서실 갈 거냐?"

둘이 함께 다니는 학원에는 독서실 시설이 잘되어 있어서, 학원 수업이 끝난 뒤에도 자율적으로 이용할 수 있다. 물론 독서실이 문 닫는 시간까지 공부한 뒤에도 학원 차를 타고 집에 갈 수 있다. 태수는 아버지가 돌아가신 후, 더 열심히 공부해야 엄마와 동생을 지킬 수 있다는 생각으로 매일 독서실에 남아 공부하곤 했다.

"아니, 오늘은 컴백홈 한다."

"왜? 무슨 일 있어?"

매일 같이 독서실에 남아 맨 마지막까지 공부하던 태수가 오늘은 바로 집으로 간다고 하니, 짱돌 역시 놀란 모양이었다. 태수는 이글거리는 눈으로 짱돌의 휘둥그레진 눈을 보았다.

"동생이랑 영통해야 해."

전 수업이었던 역사 교과서를 펴놓고 내용을 다시 한번 훑던 태수가 주먹을 불끈 쥐고 힘 있게 말했다. 영통은 '영상통화'의 준말이다. 동생과 영상통화를 하겠다는 말에 짱돌의 이맛살이 구겨졌다.

"뭐라는 거야."

"태경이 오늘 학원 끝나고 스터디카페 간대. 근데 스터디카페에 가는지 딴 길로 새는지 어떻게 알아? 그래서 집에 가서 영상통화 할 거야."

"그럼, 그냥 독서실에서 잠깐 나와서 하면 되지. 뭘 집까지 가냐?"

"태경이 들어올 시간 되면 버스 정류장까지 나가서 데려 오려고. 우리 아파트까지 오는 길이 좀 어둡잖냐. 혼자 다니면 위험해."

"야……."

어이가 없다는 듯 짱돌의 입이 벌어졌다.

"너 동생 스토커냐."

"뭐라는 거야. 안전 때문이다, 안전. 내가 우리 집 장남이잖아."

태수는 어깨를 펴고 주먹으로 자신의 한쪽 가슴을 툭툭 쳤다. 짱돌의 일그러진 표정은 풀릴 줄 몰랐다.

"장남이긴 한데, 너도 곧……."

"고 삼이다."

짱돌이 할 말을 태수가 했다.

"알긴 아냐? 네 생각을 해야지. 네 동생 안전은 엄마가 걱정하실 일이고."

"무슨 소리야? 엄마도 여잔데, 태경이 데리러 내보낼 수가 있냐? 독서실 하루 안 쓴다고 큰일 안 나. 지금도 이렇게 공부하고 있고, 집에서도 알아서 하고 있다."

태수가 후후, 하고 웃었지만, 짱돌은 그런 태수가 영 걱정스러운지 표정을 풀지 않았다.

"너 그거, 장남 콤플렉스인 거 알지?"

"장남 콤플렉스?"

"너 전엔 안 그랬잖아. 근데 아버지 돌아가시고 나서……."

수업 종이 울렸다. 그 바람에 짱돌의 입이 꾹 다물렸다. 태수가 말했다.

"아우, 너 때문에 수학 한번 더 훑어본다는 거 다 못 봤어. 다음 시간 영어지?"

태수는 얼른 가방에서 영어 교과서를 꺼내고는 몸을 돌리고 앉아 책상에 펼쳐진 수학책을 정리하기 시작했다. 그의 뒷모습을 짱돌은 걱정되는 시선으로 바라보았다.

학원 차에서 뛰어내린 태수는 그대로 달음박질쳐 엘리베이터를 타고 집까지 들어갔다. 가방을 내려놓기 무섭게 태경에게 영상통화를 걸었다. 지금쯤이면 태경 역시 학원이 끝나 스터디카페에 도착했을 시간이었다. 텅 빈 집 거실에 서서 태수는 손에 핸드폰을 쥐고 팔을 쫙 펴서 영상통화를 할 준비를 했다. 하지만 아무리 신호가 가도 태경은 전화를 받지 않았다. 갑자기 불안감이 스멀스멀 가슴속에 피어올랐다. 아무래도 다음 달에는 태경을 자신이 다니는 학원의 중등부에 다니게 해야겠다고 생각하며 다시 한번 영상통화를 걸었다.

"아, 왜!"

"왜 전화를 늦게 받아!"

전화기 속 태경의 뒤로 사람들이 지나가고 있었다. 어두워진 길거리에는 식당이며 카페의 간판들이 불을 밝혔다.

"그럼, 남들 다 공부하는데 스터디카페 안에서 영상통화를 받으란 말이야?"

태경은 짜증스러운 목소리로 태수의 말을 받아쳤다.

"스카 간판 보여봐."

태경의 말도 맞지만, 길거리에서 전화하는 것을 그대로 봐줄 수는 없다. 하아, 태경의 깊은 한숨 소리가 들리더니 화면이 어지러워졌다. 잠시 후, 환하게 불을 밝힌 스터디카페의 간판이 핸드폰 화면에 한가득 비쳤다. '디딤 스터디카페 은파점' 간판을 확인한 태수는 스터디카페의 이름을 머릿속에 정확히 박아 넣었다.

"자, 그럼, 지안이 비춰봐."

"짜증 나게 왜 이래? 끊어!"

아무래도 옆에 지안이 없는 것 같다. 이대로 전화를 끊으면 스터디카페에서 진짜 공부하는지, 스터디카페를 지나쳐 다른 곳에 놀러 가는지 알 수 없을 것 같았다. 제대로 책상을 차지하고 앉아 공부하는 게 아니라면, 태수는 지금이라도 당장 태경을 잡으러 출동할 마음이 있었다.

"오빠 갈까?"

"아, 진짜 짜증 나!"

전화기 너머에서 태경의 비명이 잠깐 이어졌다. 태수는 씩 웃으며 고개를 끄덕였다. 화면 안의 풍경이 바뀌었기 때문이다. 태경이 스터디카페 안으로 들어간 것 같았다. 태경은 화면을 전환해서 실내를 비추었다. 꽤 많은 사람이 자리에 앉아있었다. 태경이 이윽고 다다른 곳에는 한 여학생이 책을 펴놓고 공부하고 있었다. 태경의 손이 불쑥 화면 안으로 들어와 여학생의 어깨를 두드렸다. 고개를 돌린 여학생은 지안이었다. 지안은 태경이 뭘 하는 건가 싶은지 어리둥절한 얼굴로 눈을 깜박이고 있었다. 만족스러운 웃음을 지은 태수는 통화 종료 버튼을 눌렀다. 그러고는 곧장 문자메시지에 글자를 찍었다.

확인 완료. 열한 시, 집 앞 버스 정류장에서 기다리겠음.

4

태경이 버스에서 내렸을 때, 태수는 문자의 내용 그대로 정류장을 지키고 있었다. 남자 친구인 정원 선배와 만나 코인 노래방도 가고, 인생 사진도 찍으려던 태경의 계획은 태수 덕분에 완전히 백지화되고 말았다. 그런 와중에 태수가 눈앞에 보이니 아무리 데리러 나와줬다고 해도 곱게 보일 리가 없었다. 버스에서 내린 태경은 태수가 불러도 못 들은 척 계속 앞만 본채 아파트 단지로 들어왔다. 집에 도착하기 무섭게 태경은 막 퇴근해 돌아와 안방에서 옷을 갈아입던 엄마를 붙잡고 짜증을 냈다.

"오빠 좀 어떻게 말려봐! 창피해서 친구들을 못 보겠어! 저게 무슨 오빠야! 동생 스토커지!"

엄마는 살짝 한숨을 내쉬었다.

"좀 지나치긴 해도, 오빠 말이 아예 틀린 건 아니잖아. 오늘도 봐. 너 이렇게 늦은 시간에 들어오면 사실 엄마도 걱정되는데, 오빠가 마중 나가주니 안심하고 좋잖아. 좋게 생각해, 좋게."

"좋게는 무슨! 아예 숨도 못 쉬게 하잖아!"

태경이 참지 못하고 빽 소리를 내질렀다. 그런 태경을 물끄러미 내려다보던 엄마는 눈을 가늘게 뜨며 장난스럽게 흘겨보았다.

"너 혹시 남자 친구 생긴 거 아니야?"

태경은 펄쩍 뛰었다.

"무슨 남자 친구!"

사실 엄마는 그렇게 답답한 사람은 아니다. 초등학교 육학년, 태경이 사춘기를 겪을 때도 건강한 관계를 유지하기만 한다면 남자 친구를 사귀어도 괜찮다고 했었다. 엄마는 그 건강한 관계의 정의를 태경이 알기 쉽게 설명해 주었고, 태경역시 제대로 이해하고 있었다. 하지만! 오빠인 태수가 얽히면 문제가 달라진다. 태경이 남자 친구가 생겼다고 말한다면 태수는 당장 하교까지 같이할 기세다. 옆에서 한시도 떨어지지 않으려 할 것이다. 절대 태수가 알아서는 안 된다.

"내가 그런 게 어디 있어!"

"그럼, 문제 될 것 없네."

"그렇지만!"

"아까도 말했지만, 엄마는 딱히 태수를 말릴 이유가 없어. 동생을 그렇게 생각한다는 게 얼마나 고맙니?"

엄마는 팔짱을 끼며 웃었다. 하지만 태경은 조금도 웃을 수 없었다.

"엄마는 지금 웃음이 나와? 웃음이! 오빠 때문에 내 옆에는 결국 친구가 한 명도 안 남을 거라고! 오빠는 결국 사고를 칠 거란 말이야."

엄마는 도무지 이해가 안 간다는 표정이었다. 태경은 씩씩거리면서 버럭 소리를 지르고 안방에서 나왔다.

"어차피 저도 학생인 주제에!"

안방 문을 쾅 닫자마자 태경은 태수와 맞닥뜨렸다. 들어오자마자 곧장 안방으로 들어가 난리를 피우는 태경의 소리를 다 들은 것이다. 태수는 허리 양쪽에 손을 얹고 서서 태경을 기다리고 있었다.

"아빠 말씀 못 들었어? 아빠가 없으면 내가 아빠 대신이야. 괜히 뻗대지 말고, 오빠 말이 아빠 말씀이라 생각하고 잘 새겨들어."

허, 태경의 입에서 기막힐 때 나오는 웃음이 터져 나왔다. 고작 네 살밖에 많지 않은 주제에, 자기도 겨우 고등학생이면서 어른인 척을 한다. 엄하게 보이고 싶어서 일부러 치켜뜬 눈, 하나도 무섭지 않다. 태경은 흥! 하고 코웃음을 치는 오빠를 지나쳐 자기 방으로 들어갔다. 씩씩대며 책상 앞 의자에 걸터앉았는데, 동시에 핸드폰이 진동했다.

집에 잘 들어갔어?

문자의 발신인을 본 태경의 입가에 살며시 미소가 올라왔다. 정원 선배였다. 오빠 때문에 성질났던 마음이 후르르 사라졌다. 그러고 나니 선배를 보고 싶은 마음이 배가 됐다. 태경은 얼른 정원 선배에게 답 문자를 보냈다.

네, 잘 들어왔어요. 오빠 때문에 정말 미치겠다니까요.
미안해요, 선배.

나는 괜찮아. 오빠가 태경이 걱정해서 그러는 건데 뭐.

선배는 이해심도 이렇게 많다니까요.
우리 오빠는 대체 왜 그러나 모르겠어요.

태경이 오빠를 흉보더라도 정원 선배는 오히려 태경을 달랬다. 그런 선배의 어른스러운 모습에 태경은 더욱 두근거리는 가슴을 달랠 길이 없었다. 오빠와 같은 나이인데 이렇게 다를 수가! 정원 선배가 더욱 보고 싶은 마음에 태경은 침대 위로 벌러덩 드러누웠다. 가슴속에 몽글몽글한 구름이 생겨 태경의 몸도 붕 떠오를 것만 같았다.

"야, 너 이번에 중간고사……."

문이 벌컥 열렸다. 태경은 침대에서 튕기듯 일어났다. 험악하게 인상을 쓰고 태수를 노려보았다. 자기도 모르게 핸드폰은 뒤로 감춘 채였다. 태수의 눈이 태경의 손으로 향했다.

"너 뭐 했냐?"

"하긴 뭘 해! 오빠 너는 노크도 할 줄 모르냐!"

"노크가 필요한 무슨 일을 했는데!"

"아무것도 안 했다고! 여동생 방에 들어오면서 노크도 안

하는 오빠가 세상에 어딨냐! 내가 옷 갈아입는 중이었음 어쩌려고!"

"이미 옷 갈아입을 시간 충분했는데. 그리고 보니 아직 옷도 안 갈아입었네. 뭐 하고 있었냐?"

태수는 노크도 하지 않고 여동생의 방문을 마음대로 열어젖힌 자기 행동에 대해서는 전혀 문제의식을 느끼지 못했다. 지금 태수 눈은 태경의 핸드폰에서 떨어질 줄을 몰랐다. 태경은 조금의 주저도 없이 소리를 질렀다.

"지안이랑 문자 했다!"

"지금까지 지안이랑 같이 있었으면서 또 무슨 문자를 해?"

태수가 태경의 앞으로 손을 쓱 내밀었다.

"내놔봐."

태경은 움찔했다.

"뭘 내놔! 오빠 흉보고 있었거든?"

"알았으니까 내놔 보라고. 흉본 건 봐줄 테니까."

"싫어! 오빠가 뭔데!"

태경의 목소리가 온 집안을 뒤흔들었다. 결국 얼마 지나지 않아 방문 앞에 엄마가 나타났다. 엄마는 막 씻고 나온 터라 머리에 둘둘 말린 수건이 올려져 있었다. 엄마가 소리를 질렀다.

"그만 좀 싸워!"

입씨름하던 태경과 태수는 동시에 말을 멈추었다. 엄마는 인상을 찌푸리고 두 사람을 번갈아 가며 노려보았다. 태수는 짐짓 어른스러운 표정을 지으며 고개를 숙였다. 태수가 할 말은 빤하다. 오빠로서 태경을 걱정했을 뿐이라고. 태경은 그런 오빠가 밉살스러웠다. 자기도 모르게 주먹에 힘이 들어갔다. 잠시 뒤, 정신을 차리고 보니 태수 배의 정중앙에 자기 주먹이 꽂혀있었다. 컥, 하며 태수가 상체를 숙였다. 태경은 잘못했다는 생각이 들지 않았다. 밉살맞은 자에게 취한 적절한 대처였다고 생각했다.

"김태경!"

놀란 엄마가 태경의 이름을 외쳤지만, 태경은 진짜 속이 시원하기만 했다.

5

"오빠! 노크 좀 하고 들어오라고!"

태경의 목소리가 또 하늘을 찌른다. 요즘 들어 태경의 목소리는 정말이지 하늘 높은 줄을 모른다고, 태수는 생각했다. 빠른 감각으로 뒤로 감춘 태경의 손을 확인했다. 역시나 핸드폰이 들려있다. 요즘 확실히 태경이가 이상하다. 저녁을 먹기 무섭게 핸드폰을 들고 제 방에 들어가는가 하면, 전보다도 노크에 더욱 예민해졌다. 무엇보다 가장 수상한 것은 아침 준비 시간이 몇 배나 길어졌다는 점이다. 전에는 드라이기로 젖은 머리를 말리는 데 그쳤다면 요즘엔 머리를 이리 꼬고 저리 꼬고, 앞머리에 대왕 헤어롤을 말고 집 안을 활보했다. 이전과는 다른 모습이었다. 한번은 엄마와 선크림을 사러 가서 피부 보정 효과가 있는 걸 사겠다고 한참이나 골랐다. 어느 정도 색이 나는 립글로스는 학교에서도 허용되는 부분이지만 그 색이 점점 진해지는 것도 의심스러운 정황이었다.

물론 여동생 방에 노크를 안 하고 들어온 것은 잘못이지만, 방 문에 귀를 대보고 옷 갈아입는 중이 아니라는 걸 이미 확인한 뒤였다. 태수는 속으로 철저한 스스로를 칭찬하면서

턱을 치켜들었다.

"너 남친 생겼냐?"

"뭐라는 거야?"

또 한번 태경의 목소리가 날카롭게 튀어 올랐다. 태경의 얼굴이 달아오른 듯 느껴지는 것이 비단 창문의 햇살 때문만은 아니리라. 태수는 눈을 희번덕거렸다. 자기도 모르게 목소리가 높아졌다.

"너 진짜야?"

"진짜긴 뭐가 진짜야. 그런 거 없다고. 얼른 나가!"

"너 거짓말하면 안 돼. 요즘 나쁜 놈들이 얼마나 많은데."

"오빠 포함해서 하는 말이지?"

"너 남자 친구 만들려면 적어도 대학교에 들어간 이후여야 된다고 내가 몇 번이나 말했지? 절대 남친 사귀는 건 안 된다. 알았지?"

"얼른 나가!"

짜증스러운 태경의 외침과 함께 인형 하나가 태수에게 날아들었다. 태경의 침대 위에 올려져 있던 인형이다. 태수가 뒤늦게 팔을 휘저었지만, 인형은 결국 태수의 얼굴을 때리고 바닥으로 떨어졌다.

"알았다, 알았어."

태수는 인형을 집어 들어 침대 위로 다시 던지고 몸을 돌렸다. 그 사이 태경은 헤어롤을 앞머리에서 뺐다. 앞머리가 동그랗게 말려 들어갔다. 태경은 이제 완전히 거울에 시선을 고정했다. 태수 따위가 나가든 말든 신경조차 안 쓰는 모양이었다. 둥근 빗으로 머리를 정리하며 태경은 흥얼흥얼 노래까지 불렀다.

태수가 시계를 보았다. 등교 시간이 얼마 남지 않았다. 다른 친구들은 벌써 등교해 자습할 시간이었다. 짱돌 말대로 태수는 곧 고 삼이다. 아주 작은 차이도 큰 결과로 돌아오는 시간이다. 조급해졌다. 하지만 아빠의 유언을 상기하며 태경을 기다렸다.

"아무래도 이상하단 말이야."

책상 위를 팔꿈치로 찍고 손에 턱을 괴고 있던 태수가 혼자 중얼거렸다. 등교한 이후에도 태경의 미심쩍은 행동의 이유가 뭘까 하는 생각이 머릿속에서 떠나지 않았다.

"뭐가?"

짱돌이 태수의 혼잣말을 듣고는 뒷자리에서 얼굴을 길게

빼며 물었다. 익숙한 목소리에 태수가 고개를 들었다. 짱돌은 태수 옆으로 의자를 당기고 가까이 앉아 태수를 들여다보았다.

"무슨 일 있음?"

"아니, 그게 아니라……."

태수는 말끝을 흐렸다. 오늘 아침 일을 말했다가는 괜히 또 시스터 콤플렉스니, 장남 콤플렉스니 하는 소리를 들을 테니까. 태수도 그런 말이 좋아서 이러는 건 아니다.

"아니, 그냥. 어제부터 안 풀리는 문제가 있어서."

태수는 책상에 펴두었던 수학 문제집을 괜스레 만지작거렸다.

"어디, 이 형님이 좀 봐줄까?"

짱돌이 고개를 숙이며 물었다. 태수는 문제집을 몸 쪽으로 당기며 고개를 저었다. 짱돌은 어깨를 으쓱하더니 당겨 앉았던 의자를 제자리에 돌려놓고, 태수의 뒷자리인 자기 자리로 향했다. 그러다 이렇게 물었다.

"너 오늘도 동생 스카 가는 거 확인한다고 독서실 안 갈 거냐?"

목소리에 비아냥이 묻어있었다.

"독서실은 안 가. 근데 태경이 때문은 아냐. 집에 볼일이 있어서 일찍 들어가려고."

태수는 대답하느라 뒤돌았던 몸을 홱 하니 돌려, 바로 앉았다. 그러고는 문제집을 푸는 척 샤프를 쥐고 고개를 숙였다. 하지만 책 내용은 하나도 눈에 들어오지 않았다. 아무리 생각해도 찜찜하다. 태경이 요즘 들어 달라진 것은 확실하다. 오빠로서 그 이유를 알아야 한다는 생각이 머릿속에 가득했다.

학교 수업이 끝난 뒤, 태수는 학원 차를 타지 않고 버스를 이용해 태경이 다니는 학원으로 향했다. 학원 수업을 빠져서 불안했지만, 이번엔 어쩔 수 없다고 생각하며 불안감을 삼켰다. 태경이네 학원 안으로 들어서자, 입구 정면에 카운터가 보였다. 사무직원이 앉아 있었지만, 태수를 불러세우지는 않았다. 학원생들 얼굴을 일일이 기억하진 못할 것이다. 교실이 늘어서 있는 복도로 얼른 진입해 수업 중인 교실 안을 창문으로 들여다보았다. 태경의 모습은 두 번째 교실에서 찾을 수 있었다. 꽤 수업에 집중한 듯 보였다. 왠지 뿌듯한 기분이 들었다. 태수는 곧장 학원에서 빠져나왔다. 그러고는 인근 편의점에서 시간을 보냈다. 태경의 수업이 끝날 때까지 족히 세 시간은 기다려야 했다. 만약 학원 수업이 끝나고도 태경이 나오지 않으면, 학원 독서실을 이용한다는 의미이다. 그것만 확인하고 집으로 돌아갈 생각이었다. 세 시간 후, 태경이 학원을 나와 도로를 걷지만 않았다면.

수업이 끝나자, 태경은 친구들과 인사한 후 혼자서 길을 걷기 시작했다. 학원 차를 타지 않았다. 독서실을 이용할 것도 아닌데, 왜 학원 차를 타지 않는지 태수는 이해가 가지 않았다. 방향은 집 쪽이 맞았다.

'집으로 가는 거라면 학원 차를 탔어야 하는데……'

태수는 조용히 태경의 뒤를 밟기 시작했다. 한참을 걷자 태경이 다니던 스터디카페를 지나쳤다. 역시 스터디카페를 이용하는 것도 아니었다. 태경은 또 한참을 걸었다. 태수도 뒤를 따라 걸었다. 태경은 태수가 따라가는 것도 모르는 모양이었다. 단 한 번도 뒤를 돌아보지 않았다. 이따금 누군가에게 문자를 보내는 듯했지만, 전화 통화가 아니어서 상대가 누구인지는 알 수 없었다.

태경이 도착한 곳은 어느 공원이었다. 가로등이 적게 설치되어 있고, 그래서인지 인적이 드물었다. 공원 안으로 들어가는 태경의 걸음이 빨라졌다.

태수는 불안한 생각이 들었다. 이런 어두컴컴한 곳에 왜 가는 걸까. 별의별 생각이 머릿속을 스쳐 지나갔다. 나쁜 친구들과 어울리는 태경. 담배를 피우는 태경. 약한 아이들을 괴롭히는 태경.

만약 정말 그런 거라면 장남으로서 꿈속에서라도 아버지를 뵐 낯이 없다.

발소리를 죽여가며 천천히 공원 안으로 들어갔다. 가로등 밑 벤치에 앉은 태경을 쉽게 발견했다. 그런데 태경은 혼자가 아니다. 옆에 어떤 남자가 앉아있다. 얼굴을 돌리고 있어서 생김새가 보이지는 않지만 척 봐도 교복을 입고 있는 남학생이었다. 역시 남자 친구가 생긴 건가. 둘은 나란히 앉아 대화를 나누고 있다. 멀어서 내용까지는 잘 들리지 않는다. 태수는 당장 둘 앞에 다가가 태경을 잡아끌고 집으로 데려가 혼내고 싶지만, 일단 아랫입술을 깨물고 상황을 지켜보았다.

그런데 상황이 급변했다. 남자의 손이 슬쩍 태경의 허리춤으로 향하는 것이 아닌가! 게다가 거기서 멈추지 않고, 그 느물거리는 손은 다시 태경의 어깨 위로 올라가 주물럭거리기 시작했다. 태경의 고개가 기울어지고, 남자의 고개가 태경 쪽으로 스르륵 미끄러졌다.

"야, 이 새끼야!"

기둥

더 이상 참지 못하고 태수가 벤치 쪽으로 달려 나갔다. 태수는 뒤쪽에서 남자의 머리를 후려쳤다. 곧이어 돌아서는 놈의 얼굴에 주먹을 날렸다. 남자가 쓰러지자, 그 위를 덮쳤다.

"오빠!"

태경이 놀라 소리쳤다. 교복을 잡고 늘어지며 남자에게서 태수를 떼어놓으려 애썼다. 하지만 태수는 꼼짝도 하지 않았다. 태수는 남자가 전혀 반격하지 않고 머리를 감싸는 데만 열중하고 있는 것이 이상하다 싶었지만, 남자 스스로 생각해도 뒤가 구리니 반격을 못 하는 거라고 생각했다.

"오빠 그만하라고!"

태경이 아무리 말려도 태수는 남자를 후려치는 데만 집중했다.

"너 이 새끼 몇 살이야? 감히 내 동생한테 뭘 하려 했어!"

쓰러진 남자는 가드를 올리듯 양팔로 머리와 얼굴을 가리고 있었는데 이제는 한계에 도달한 것 같았다. 내 동생에게 뭘 하려 했냐는 소리가 떨어지기 무섭게 억울하다는 듯 상체를 일으키며 소리를 질렀다.

"야! 김태수!"

다시 한번 날아가던 태수의 주먹이 우뚝 멈췄다. 이상하게도 남자의 목소리가 귀에 몹시 익었다. 거기다 태수의 이름까지 알고 있다.

태경이가 남자에게로 쪼르르 뛰어갔다.

"정원 선배 괜찮아요?"

태수는 어안이 벙벙한 얼굴로 간신히 입을 열었다.

"짱돌?"

6

"네가 태경이구나. 반갑다."

"죄송합니다. 정말 죄송합니다."

이게 무슨 상황인지 모르겠다. 태경은 지금 눈앞에서 벌어지는 일이 잘 믿기지 않았다. 정원의 부모님은 태경을 반가워하고, 엄마가 쉴 새 없이 사과하는 이곳은 경찰서이다. 태수가 정원을 때리는 것을 목격한 누군가가 지구대에 신고한 모양이었다. 곧장 출동한 경찰관은 세 사람을 지구대로 연행했고, 당연히 보호자인 부모님이 불려 왔다. 상처가 크지 않아서인지 정원의 부모님은 태수와 태경의 입장을 다행히도 이해해 주셨다. 게다가 정원과 사귀고 있는 태경을 반가워하시기까지 하니, 마치 상견례장이라도 온 것 같았다.

연신 허리를 숙이며 사과하던 엄마가 돌연 태수의 등짝을 강하게 후려쳤다. 그 모습을 본 정원의 부모님은 오히려 엄마를 말렸다.

"동생 지킨다고 그랬다는데, 기특하죠. 저희 애도 별로 안 다쳤고, 오해도 풀렸으니 다행이잖아요. 태수 어머님도 화 푸세요."

"이 녀석이 그동안 집안의 기둥이 어쩌고 할 때 알아봤어야 하는데……. 정말 죄송합니다."

태경은 그래도 이 정도로 일이 끝나서 다행이라고 생각하며 태수를 바라보았다. 태수는 고개를 숙이고 있으면서도 흘깃흘깃 자꾸 정원을 보았다. 아무래도 태수에게는 태경의 남자 친구가 자기 절친인 정원이라는 것이 가장 충격인 것 같았다. 태경은 집에 가서 한 소리 들을 생각을 하니 벌써 골치가 아팠다. 정원이 역시 신경이 쓰이는지 태수의 눈치를 보며 괜히 쑥스럽게 웃어 보이고 있었다. 태경은 만약 태수가 다시한번 정원에게 주먹을 휘두르는 일이 있다면 그때야말로 가만히 있지 않겠다고 마음을 먹었다.

"자, 그럼 피해 학생 부모님께서 이해하기로 하셨으니, 이만들 돌아가세요."

경찰관이 내미는 서류에 각각 사인한 엄마와 정원이 엄마가 서로를 마주 보았다. 엄마는 다시 한번 허리를 숙였고, 정원이 엄마는 웃으며 신경 쓰지 말라고 하셨다. 그저 아이들이 자라며 한 번씩 생길 수 있는 해프닝 정도로 상황을 보고 있는 것 같았다.

태경은 허리를 숙인 엄마를 보는 마음이 편치 않았다. 그건 오빠인 태수도 마찬가지인지 표정이 어두웠다. 태경은 태수를 노려보며 슴, 소리를 냈고, 태수의 얼굴은 더 어두워졌다.

"내일…… 보자?"

지구대를 나와 정원이 태수에게 조심스레 말했다. 태수는 뭔가 한마디 말하려다 다시 침울해지며 입을 다물었다. 아마도 지금은 정원이가 태경이의 남자 친구라는 사실에서 받은 충격보다 엄마를 지구대까지 오게 한 데다 허리를 숙이고 사과하게 만든 죄책감이 더 큰 것 같았다. 그런 모습을 보니 왠지 태경이도 마음 한구석이 불편했다.

"자, 가자."

정원이가 부모님과 함께 먼저 가는 것을 확인한 뒤, 엄마가 말했다.

"엄마……."

태수가 엄마를 불렀다. 앞서 걷던 엄마가 걸음을 멈추고 뒤를 돌아보았다.

"집에 가서 얘기하자. 늦었다."

엄마는 다시 걷기 시작했다. 태경이 재빨리 걸어가 엄마의 옆에 붙어 섰다. 흘깃, 엄마의 표정을 확인했다. 화가 났다기보다는 뭔가 깊은 생각에 빠져있는 것 같았다. 말을 걸기 힘든 표정이라 태경도 입을 다물고 열심히 걷기만 했다. 세 발짝쯤 뒤에서 태수의 힘없는 발걸음 소리가 뒤따라왔다.

집에 도착한 엄마는 곧장 거실 소파에 앉았다.

"둘 다 여기 앉아봐."

태수와 태경이 머뭇거리다 엄마의 맞은편 소파에 나란히 앉았다.

"태경아."

"응."

태경은 긴장하며 자세를 바로 했다.

"요즘엔 초등학생들도 남자 친구를 사귀고 그러지. 태경인 중학생이니까 당연히 그럴 수 있지만, 그래도 아직 어린 나이인 건 너도 잘 알 거야."

"응. 알아."

"그러니까 아무리 남자 친구가 생겼어도 학생의 본분을 지켜가면서 만나야 한다? 엄마 말 무슨 뜻인지 알지?"

태경은 고개를 끄덕거렸다. 집에 거짓말하고 늦게 들어오는 일은 없어야 한다고 엄마는 다시 한번 강조했다. 태경은 꼭 그럴 거라고 약속했다. 엄마의 말이 이어지는 동안 옆에 앉은 태수의 얼굴은 더욱 어두워져만 갔다.

"그리고 태수."

태수의 어깨가 흠칫 떨렸다.

"엄마가 안 그래도 한번 이야기하려고 했는데, 아빠 돌아가신 이후로 네가 너무 부담이 큰 것 같아."

태수는 조금 놀란 듯 눈을 동그랗게 떴다. 정원을 때린 일이나 태경에게 너무 심하게 압박을 가하는 걸로 혼날 줄 알았는데, 의외의 이야기가 나와서 당황했다.

"아빠가 돌아가시면서 너에게 하신 말씀 때문에 그러는 거지?"

태수는 대답하지 않았지만, 침묵을 지키는 것이 대답이나 다를 바 없었다. 엄마의 말이 이어졌다.

"아빠가 없으면 태수가 아빠 역할을 해야 한다고 얘기하신 건……. 네가 조금 더 책임감을 느끼고 동생과 사이좋게 지내라는 말과 다르지 않아. 엄마는 그렇게 생각해. 절대 네가 부담을 갖기 바라서 그런 말씀을 하신 건 아닐 거야."

"응."

대답은 했지만 태수의 침울한 표정은 바뀌지 않았다. 아빠의 말뜻이 동생과 더 사이좋게 지내라는 거였다면 자신이 그 말을 지키지 못한 것 같았다.

"하지만 넌 우리 집의 기둥인 게 맞아."

태경과 태수가 놀란 눈으로 동시에 엄마를 보았다.

"태경이도 엄마도, 세 사람 모두 우리 집의 기둥이지. 어느 한 명이라도 행복하지 않으면 기둥 하나가 무너지고, 우리 집은 균형을 이루지 못할 거야. 엄마 생각엔 요즘 태수가 행복하지 않았던 것 같아."

엄마의 말에 태수는 지난 몇 주간 있었던 일들을 돌이켜 생각해 보았다. 동생을 걱정해서 했던 행동뿐 아니라 그렇게 행동했을 때 자기 마음이 어땠는지를. 엄마 말대로 진짜 행복한 적은 없었다. 의무감과 부담이 온통 태수의 마음을 채우고 있었다. 학교에서도 공부에 집중하지 못했고, 학원에 가서도 태경이의 스케줄을 신경 쓰느라 바빴다. 태경이가 하는 행동이 조금만 예상과 다르면 안달복달했다. 그 때문에 성적이 떨어질까 봐 부담스러우면서도 그렇게 해야만 아빠와의 약속을 지키는 거라고 자신을 다독였었다.

"걱정하지 마. 넌 잘하고 있어. 그대로도 착한 아들이고 좋은 오빠란다."

엄마가 안방으로 들어가신 뒤, 태경은 무거운 마음으로 태수의 방문 앞을 서성였다. 노크하려고 몇 번쯤 손을 올렸다가 내렸다. 그러다 숨을 크게 들이쉬고 기운차게 태수의 방문을 노크했다. 태수의 대답이 들려왔다. 조금 무거운 목소리였다.

"오빠."

문을 열며 태수를 조심스럽게 불렀다. 태수는 갈아입은 교복을 정리해 옷장에 넣는 중이었다.

"왜?"

퉁퉁거리는 목소리였다. 태경은 안으로 들어가 태수의 침대에 풀썩 앉았다.

"내일 학교 가서 정원 선배 또 때릴 거야?"

"야!"

태수가 인상을 구기며 소리를 버럭 질렀다. 태경은 장난스럽게 혀를 쏙 내밀었다. 태수는 그런 모습을 가만 보다가 돌연 미간을 좁히며 찡그렸다. 뭔가 미심쩍은 생각이 들었다.

"그러고 보니 너 그때…… 스터디카페에서 영상통화하던 날!"

태경은 여유롭게 발을 달랑달랑 흔들었다.

"아, 그거? 정원 선배가 그러더라? 스터디카페 진짜로 갔는지 오빠가 영상통화할 거라고. 그래서 지안이한테 부탁해서 같이 간 거야. 그때 옆에 정원 선배 있었지롱."

태경은 다시 한번 혀를 쭉 내밀었다. 태수는 그날 정원이가 학원 독서실에 갈 거냐고 물었던 일을 떠올렸다. 그게 다 태수의 행적을 확인하기 위해서였다고 생각하니 다시금 배신감이 물밀듯 밀려왔다.

히히, 웃으며 태경이 시선을 바닥으로 두었다. 흔들던 두 다리도 어느새 차분히 땅에 내려놓고 있었다.

"왠지 말하기가 좀 그랬어. 오빠가 자꾸 단속하려고 하니까, 나도 모르게 점점 더 거짓말을 하게 되는 거 있지? 게다가 오빠 친구를 만난다고 하면 오빠가 어떻게 나올지 몰라서 말할 수가 없었어. 일이 이렇게까지 된 거 내 잘못도 있어. 미안해."

태수는 고개를 숙이고 있는 태경을 물끄러미 내려다보았다. 동생이 먼저 사과를 해주니 고마웠다. 돌이켜보면 아빠가 돌아가시기 전에는 두 사람 사이에 비밀이 없었다. 태경이 시험 결과가 안 좋아서 성적표를 숨길 때도 둘이 함께였고, 태수가 학원을 빼먹고 친구들과 피시방에 갈 때는 태경이 지원 사격을 해주었다. 태수가 아파서 학원에 못 나온다고 태경이 말해준 덕분에 학원에서는 엄마에게 확인 전화를 안 했다. 그러고 보니 자신이 장남 역할에 몰두했을 때부터 태경은 계속 뭔가를 숨기는 기색이었다. 결국 문제는 지나친 책임감 때문에 생겨났다.

"뭐…… 나도 잘한 건 없어."

사과하고 싶지만 제대로 된 말이 나오지 않았다. 쑥스럽고 민망했기 때문이다. 그런 태수의 마음을 태경이 알았는지, 슬쩍 웃으며 화제를 돌렸다.

"근데 정원 선배 별명이 왜 짱돌이야?"

태수는 이때다 싶어 신이 나 입을 열었다.

"맞아, 짱돌. 짱돌 중에서도 겁나 단단한 짱돌이야. 걔가
왜 짱돌이 됐냐면……."

평소 잠자리에 들던 시간은 이미 지났지만, 태수는 정원
의 별명이 왜 짱돌이 됐는지를 신나게 이야기하느라 시간 가
는 줄을 몰랐다. 남매의 이야기가 깊어져 갈수록 밤도 깊어져
갔다. 태수는 태경과 이야기하면서도 내일 등교하면 정원에
게 사과부터 해야겠다고 다짐했다. 그렇지만 동생을 둔 오빠
로서 앞으로 행동 조심하라고 을러대는 것도 잊지 않을 셈이
다. 왜냐하면 자신은 이 집의 기둥이니까 말이다. 또 하나의
기둥인 태경이 행복해야 하니까.

"근데, 너희 아까 뽀뽀하려고 했냐?"

"아!"

태경의 괴성이 또 집 안을 뒤흔들었다.

소년에겐 아지트가 필요하다

조영주

예전에 세 소년은 은이 자신들과 노는 게
재미없을까 봐 걱정했다. 방학이 끝나면 은이 자신들을
잊을 거라고 두려워하기도 했다. 하지만 막상 중학교
삼 학년이 되어 폐가에 오는 아이들을 만나보니 느낌이
전혀 달랐다. 귀여웠다. 재밌었다.
그들이 하는 이야기에는 가끔 놀라운 생각이 있었다.
어쩌면 그게 은이 말하는 '영감' 같은 것일지도 몰랐다.

남자들은 동굴 속에 들어가 혼자 쉰다고 말하죠.
관계의 바깥에서 경험하는 휴식이 정말 우리가 원하는 것일까요?
고독한 늑대처럼 세상과 멀어지기보다 누군가와 어울리고
함께하는 과정, 누군가에게 온전히 기댈 수 있는 경험이
더 중요할지도 모릅니다.

"심심하다."

뀨가 손에 든 핸드폰에 집중한 채 말했다.

민 역시 한 손에 핸드폰을 들고 있다. 민은 빨대로 콜라를 쭉 빨아들이며 시큰둥하게 대꾸했다.

"아닌데."

"솔직하지 못하구만."

뀨의 말에 쭌이 동의하는 뜻으로 고개를 크게 끄덕였다. 쭌은 콜라가 담긴 컵의 플라스틱 뚜껑을 열었다. 얼마 남지 않은 얼음을 꺼내 와그작와그작 소리 나게 씹어 먹었다.

뀨는 상규, 민은 정민, 쭌은 민준의 별명이다. 올해 중학교 삼 학년이 된 뀨와 민, 쭌은 지방의 소도시에 산다. 다른 친구들은 주말에도 학원에 다니느라 바쁜 것 같다. 부모와 서울까지 놀러 가는 친구들도 있다. 하지만 세 친구는 상황이 다르다. 세 친구의 부모는 모두 같은 공장에서 주 육 일 근무를 한다. 그렇다 보니 부모와 함께 주말 나들이를 가는 일은 드물다. 학원은 주중에 다닌다. 학교 다니면서 평일에 하는 공부도 지겨운데, 주말에 공부가 될 리가 없다. 그래서 주말엔 대체로 셋이 만나 시간을 때운다.

오늘은 하도 할 일이 없어서 어쩔 줄 몰라 하다가 늘 가는 시내 영화관에 왔다. 팝콘과 콜라를 들고 4D 영화를 조조로 본 것까지는 좋았는데, 영화가 끝나자 할 일이 없었다. 그렇다고 집으로 돌아가는 건 싫었다.

민이 벌떡 일어났다. 가까이 있는 휴지통에 얼음과 콜라가 좀 남은 컵을 던졌다. 단번에 골인했다.

"삼점슛 성공!"

민은 양손을 번쩍 들었다. ㅠ와 쭌이 당연하다는 듯 그런 민의 양손을 각자 세게 손바닥으로 맞부딪쳤다. 조금 전에 본 영화를 흉내 낸 것이다. 손뼉 소리와 거의 동시에 ㅠ가 말했다.

"거기?"

마지막 얼음을 다 깨물어 먹은 쭌이 말했다.

"고."

ㅠ가 갑자기 생각났다는 듯 말했다.

"아! 화장실 갔다 가라?"

"너 죽는다!"

민이 바로 씩씩거렸다. 뀨와 쭌은 그런 민을 보고 낄낄거리며 앞서 걸었다.

셋이 함께 영화관을 빠져나와 얼마 떨어져 있지 않은 버스 정류장으로 향했다. 마침 바로 '거기'에 가는 버스가 왔다. 하지만 셋은 버스를 바로 타지 않고 망설였다. 지금 가려는 곳은 버스로 십 분, 걸어서는 사십 분이 걸린다. 버스를 타는 게 당연하다. 하지만 망설여졌다. '거기'는 왠지 늘, 걸어가야 할 것만 같아서다.

버스가 떠났다.

결국 세 소년은 걷는다. '거기'를 향하여.

이 년 전, 셋이 우연히 그곳을 발견했을 때는 훗날 주말이면 으레 들르는 곳이 될 줄은 짐작하지 못했다.

그곳은, 폐가니까.

지방 소도시는 어디나 사정이 비슷하다. 인구는 적고 집은 남아돈다. 정확히 말하자면 오래된 빈집이나 인적 드문 곳의 빈집들이 버려진다. 그곳 역시 그렇게 방치된 곳 중 하나였다.

과수원 가는 길에 있는 그 집에도 예전엔 사람이 살았다. 그럴듯한 이층집이었다. 그곳에 살던 사람들이 떠난 것은 지금으로부터 십 년 전의 일이다. 시에서 과수원을 재정비하고 근처 공원과 합쳐 대형 공원으로 꾸미겠다는 계획을 발표했다. 근처 주민들과 합의에 들어갔고, 보상금 문제가 해결되자 집주인은 바로 이 도시를 떠났다. 이후 공원 조성이 진행되었다. 시는 과수원 일대의 배나무며 사과나무를 베어냈다. 하지만 이듬해 당선된 시장이 공원 조성 계획을 백지로 돌리는 바람에 모든 작업이 멈춰버렸다. 그래도 공원 부지 '예정'인 곳이다 보니 출입금지구역이었다. 새로운 시장이 작업을 재개하지 않는 이상, 이 일대에 사람들이 오갈 일은 없을듯했다. 그런데 이 폐가가 전혀 다른 이유로 관심을 끌게 되었다. 이 지역 초등학교를 중심으로 '누가 귀신을 봤다'는 소문이 돌기 시작한 것이다.

새벽, 술에 거나하게 취한 누구누구네 아버지, 혹은 삼촌이 길을 잘못 들어 과수원 가는 길을 지나게 되었다. 그런데 폐가 옆을 지날 무렵 이상한 소리를 들었다. "흑흑" 하는 여자의 울음소리 같기도 하고, "킥키킥" 하고 웃는 어린아이의 웃음소리 같기도 한 이상한 소리였다. 그 소리에 호기심을 갖고 폐가로 다가갔다. 창가에 뭔가가 보였다. 누군가 집 안에 있었다. 창문 밖으로 얼굴을 내밀고 있었다. 그 얼굴은 양손으로 가려 보이지 않았다.

"거기 누굽니까?"

창문에 걸친 얼굴은 대답이 없었다. 웃음 같기도 하고 울음 같기도 한 소리만 연거푸 냈다. 더욱 호기심이 생긴 목격자는 창문 바로 앞까지 다가갔다. 의문의 얼굴을 향해 손을 뻗은 순간, 그것이 벌떡 일어났다. 그런데 얼굴과 손이 전부였다. 몸체는 없었다.

놀란 목격자는 그대로 자리에 주저앉았다. 눈앞에 보이는 것을 믿을 수 없었다. 다시 한번 손을 뻗었다. 그때, 귀신이 손을 펼쳤다. 자신의 얼굴을 드러냈다. 그러고는 한 손을 목격자에게 뻗었다. 그의 뺨을 어루만지며 말했다.

"나, 예뻐?"

얼굴에는 눈이 없었다. 눈이 있어야 할 자리엔 시커먼 어둠밖에 없었다.

이 괴담은 당시 중학교 일 학년이었던 세 소년이 다니던 학교까지 퍼졌다. 소문이 도는 동안 이상한 조건과 규칙까지 생겨났다.

1. 정확히 자정에 폐가를 찾아야 한다.

2. "얼굴을 보여줘"라고 말한다.

3. 귀신이 얼굴을 보여주면 반드시 "예뻐"라고 말해야 도망칠 수
   있다.

시골의 밤은 어둡다. 특히 폐가 근처는 더욱 그렇다. 다들 귀신 이야기를 하기는 해도 까다로운 조건 탓에 문제의 폐가를 찾아갈 생각은 하지 못했다. 하지만 뀨, 민, 쭌은 달랐다. 셋은 '자정에 폐가를 찾는' 일이 가능했다. 이들의 부모는 가끔 잔업 때문에 늦는 날이 있었다. 세 명은 그날을 노리기로 했다.

마침내 세 명의 부모가 모두 야근하는 날이 왔다. 7월의 마지막 밤, 부모들은 하나같이 새벽에나 들어갈 테니 기다리지 말고 자라고 당부했다. 세 소년은 부모의 말에 그러겠다고 대답하고는 몰래 집을 빠져나왔다.

열한 시 반, 세 소년은 공원 예정지의 철조망 문 앞에서 만났다.

"준비됐지?"

뀨가 핸드폰을 들어 보였다. 민과 쥰은 고개를 크게 끄덕이며 핸드폰의 손전등을 켰다. 부모가 모두 맞벌이에 늦는 일이 잦다 보니 셋은 초등학교 육 학년 때부터 핸드폰을 들고 다녔다. 출입금지구역 표지판이 붙은 철조망에 핸드폰 손전등 불빛을 비췄다.

"개구멍 발견."

뀨가 말했다.

철조망 문은 자물쇠가 채워져 굳게 잠겨있었지만, 바로 옆에 개구멍이 있었다. 셋은 그곳을 통과해 출입금지구역 안으로 들어갔다.

처음엔 뭐가 무서울까 싶었다. 하지만 한 걸음 한 걸음, 목적지를 향해 걸어갈수록 두려움이 생겼다. 불빛이 전혀 없었다. 달빛에 으스름하게 나뭇잎이 살랑거렸다. 벌레들이 울음소리를 냈다. 셋은 점차 말수가 줄어들었다. 마침내 아무 말도 안 하게 되었을 무렵, 문제의 폐가에 도착했다.

"별거 아니네!"

"그, 그러게."

"괜히 겁먹었네."

세 소년은 각자 떠들어댔지만, 속으로는 하나같이 겁을

먹었다. 자정이 되려면 앞으로 이십 분이나 남았다. 누구든 먼저 그냥 집에 가자고 말하기를 바랐다. 하지만 셋 다 자신이 그 '누구'가 되는 건 싫었다. 그랬다간 나머지 두 명이 계속해서 겁쟁이라고 놀려멜 게 뻔했다.

"시간 많이 남았으니까 우, 우리 게임이라도 할까?"

"그, 그래. 게임하자!"

"으, 응! 좋은 생각이네!"

세 소년은 핸드폰을 들고 갑자기 게임을 시작했다. 불안한 마음에 집중하지 못할 줄 알았는데, 막상 게임을 시작하자 생각보다 훨씬 몰입할 수 있었다.

세 소년이 핸드폰에서 시선을 뗐을 때는 이미 자정에서 십 분이나 지난 시각이었다. 그건 곧, 귀신이 나타나지 않았다는 뜻이다.

"귀신 없네!"

"그러게! 헛소문이네!"

"예쁘다고 말해주려고 했더니!"

세 소년은 신이 나서 떠들었다. 얼굴도 훨씬 밝아졌다. 그런데 그 순간 폐가에서 정체 모를 소리가 났다. 얼핏 듣기에 웃음소리 같았다. 아이들은 놀라서 고개를 돌렸다.

그러다가 결국 보고 말았다. 창문에 걸린 새하얀 얼굴을.

아마도 소년들 또래이거나 조금 더 나이가 많을 듯한 얼굴. 그 얼굴이 어둠 속에서 웃고 있었다.

"얼, 얼굴!"

"귀신이다!"

셋 중에 누가 먼저 외쳤는지는 알 수 없었다. 세 소년은 거의 동시에 비명을 지르며 그대로 폐가를 벗어나 허둥지둥 달렸다.

세 소년은 출입금지구역을 벗어난 뒤에야 안심할 수 있었다.

"뭐, 뭐야. 귀신 주제에 늦었어."

"십 분 지각한 건가."

뀨와 쭌은 한숨 돌리고 나자, 다시 농담할 정신을 되찾았다. 그런데 민이 울상이었다.

"없어."

민은 두 소년을 보며 거의 울 것 같은 표정으로 말했다.

"핸드폰 놓고 왔나 봐……."

그 말에 다른 두 소년도 부랴부랴 바지 주머니를 뒤적거

렸다. 쭌과 뀨도 핸드폰이 없었다. 놀라서 엉겁결에 핸드폰을
집어 던진 채 내뺀 모양이다.

"다시 가야겠지?"

뀨가 덜덜 떨며 말했다. 쭌은 거의 울 것 같은 표정이 되어
억지로 고개를 끄덕였다. 민은 그새 눈물을 뚝뚝 흘리느라 대
답조차 못 하고 고개만 푹 숙였다.

"울지 마! 왜 울어!"

"아빠가 남자는 우는 거 아니랬어!"

뀨와 쭌은 울먹이는 목소리로 말했다. 그 말에 민은 눈물
을 훔치며 말했다.

"남자는 울지 않는다! 흑, 안 울어, 나 안 울어!"

뀨와 쭌, 민은 다시 개구멍을 통과했다. 길은 여전히 어두
웠다. 이 길을 어떻게 핸드폰 불빛도 없이 달려왔는지 알 수
없었다. 셋은 딱 달라붙어 빠르게 걸었다.

"이제 보인다. 다 왔어."

뀨가 말했다. 민과 쭌에게 들으라고 하는 말이 아니라 자
기 자신에게 들려주는 말이었다. 셋 모두 핸드폰만 되찾으면
된다고, 이제 끝이라고, 다시는 이런 곳을 찾지 않겠다고 생
각하고 있었다.

"어? 저게 뭐야?"

한창 길을 걷던 셋의 눈에 뭔가 이상한 것이 보였다.

어둠 속에 뭔가 둥둥 떠 있었다. 그리고 그것은 세 소년 쪽으로 다가오고 있었다. 셋은 대체 뭔가 싶어 빤히 바라보다가 깜짝 놀라서 그대로 몸이 굳어 버렸다.

얼굴이었다. 창문에 걸쳐 있던 동그랗고 새하얀 얼굴.

셋은 너무 놀라 뭐라고 말도 할 수 없었다. 그런데 갑자기 얼굴의 속도가 빨라졌다. 의문의 얼굴이 세 소년을 향해 더 빠르게 다가오는 듯했다. 셋은 놀라서 그대로 뒷걸음질하다가 소리를 질렀다. 그러곤 방향을 돌려 힘껏 뛰기 시작했다.

"자, 잠깐!"

쭌이 뒤처졌다. 너무 어두워서 발을 헛디디는 바람에 넘어졌다.

"얘들아, 같이 가!"

쭌은 당황해서 자꾸 친구들을 불렀다. 민과 뀨는 그런 쭌의 말을 들은 체 만 체 뒤도 돌아보지 않고 도망치느라 바빴다. 그러는 사이에도 귀신 얼굴은 계속해서 쭌에게 다가오고 있었다.

'이 위기를 어떻게 이겨내면 좋지.'

쭌은 혼란스러운 가운데 생각을 거듭했다. 그러다가 떠올린 것이 괴담의 규칙이었다. 귀신이 얼굴을 보여주면 반드시 "예뻐"라고 말해야 도망칠 수 있다.

쭌이 소리쳤다.

"예뻐요! 예쁘다고요! 너무너무 예쁘다고요! 무진장 예쁘다고요!"

뀨와 민은 절규에 가까운 쭌의 목소리를 들었지만, 앞만 보고 미친 듯이 달렸다. 철조망 문에 도착했을 때쯤엔 쭌의 목소리가 들리지 않았다.

"쭌이 잡힌 건가!"

"규칙이 소용없다고?"

"그러고 보니 얼굴 보여달라고 안 했는데!"

"맞아! 자정에 부르지 않았는데 왜 나온 거야!"

"설마!"

"설마?"

"규칙을 안 지켜서 쫓아오는 건가!"

"그런 건가!"

당황한 뀨와 민의 대화는 거의 비명에 가까웠다.

부스럭.

뒤쪽에서 소리가 났다. 출입금지구역 안쪽에서 누군가 움직이는 소리였다. 둘은 천천히 고개를 돌렸다. 철조망 너머에서 들리는 소리에 귀를 기울였다. 다시 한번 부스럭, 하는 소리가 나더니 웃음소리와 함께 울음소리가 들렸다.

"흑흑."

"킥킥."

웃음소리와 울음소리가 동시에 들리다니, 이것은 소문으로 들은 것과 정확히 같은 상황이었다. 둘은 서로 끌어안았다. 누가 먼저랄 것 없이 둘은 소리쳤다.

"예뻐요! 예쁘다고요! 세상에서 제일 예쁘다고요!"

"예뻐. 예뻐. 예뻐. 예뻐. 예뻐요!"

규칙은 틀렸다. 하지만 믿을 건 이것밖에 없었다. 물론 소용도 없었지만. 기이한 웃음과 울음 소리는 멈추지 않았다. 둘은 그대로 주저앉았다. 그러다 마침내 철조망 앞으로 '얼굴 두 개'가 나타났을 때, 규와 민은 서로 부둥켜안은 채 눈을 질끈 감았다. 꽥 소리를 질렀다.

그런데 귀에 익은 목소리가 들렸다.

"너무해!"

쭌이었다. 쭌은 자기보다 조금 더 키가 큰 커트 머리 형과 함께 서있었다. 아마도 두세 살쯤 많을 것 같은 얼굴이었다.

조금 전 세 소년이 얼굴 귀신이라고 생각한 그 얼굴.

"어떻게 나만 두고 갈 수 있어!"

쭌이 다시 한번 소리를 질렀다.

"대체, 이게 무슨 일이야? 사람? 아니, 그럼, 아까 그건?"

뀨는 예상치 못한 상황에 넋이 나갔다.

"핸드폰 불빛에 얼굴만 보인 거다."

귀신이 말했다.

"겁쟁이들."

"어쩌지."

민이 말했다.

"나 오줌 쌌어……."

민이 울음을 터뜨렸다.

피식.

귀신의 입에서 바람 새는 소리가 나왔다.

"잊은 물건."

귀신은 손에 들고 있던 물건을 둘에게 내밀었다. 민과 뀨의 핸드폰이었다.

"상황 이야기는 대충 들었다. 귀신 소문 듣고 담력 시험하러 온 거라며?"

"네, 뭐."

뀨가 대답했다. 민은 울음이 안 멎어서 대답조차 할 수 없었다.

"그런데 왜 달아나? 귀신을 봤으면 정체를 확인해야지?"

"아니, 그게."

뀨는 잠깐 생각한 뒤 말했다.

"십 분 늦었잖아요……."

"뭐?"

"자정에 나온댔는데 귀신 주제에 십 분 지각했잖아요! 그래서 안심하고 있다가 깜짝 놀라서……. 그래서! 그래서 도망쳤다고요!"

"그걸 변명이라고 하냐? 그럼, 아까는 왜 달아났는데?"

"이제 귀신은 없을 거로 생각했는데 나타났으니까! 갑자기 나타난 게 잘못이죠!"

"그럼, 친구는 왜 냅두고 달아났는데?"

"그, 그건. 그건."

"친구보다 너 자신이 소중하니까 비겁하게 달아난 거잖

아?"

"그러는 귀, 귀신, 아니 혀, 형은 왜 그런 데 있었는데요."

뀨가 반격에 나섰다.

"그런 데 숨어있다가 저희 놀리고! 그건 안 비겁해요?"

"내 집이다, 이 자식들아."

"귀신 형 집이라고요?"

"그래."

"말도 안 돼. 거긴 폐간데."

"못 믿겠어? 그럼 따라와. 보여줄게."

귀신 형이 먼저 개구멍으로 들어갔다.

"배신자들."

쭌은 둘을 노려보며 한마디 한 뒤, 귀신 형을 따라 개구멍을 통과했다. 민과 뀨는 바로 따라가지 못하고 망설였다.

"어떻게 하지?"

뀨가 민에게 물었다.

"바지 어쩌지. 이러고 집에 어떻게 가."

민은 계속 바지가 걱정이라서 뀨 말에 대답할 수 없었다.

철조망 안쪽에서 귀신 형이 말했다.

"아, 내 바지 빌려줄게."

"귀, 귀신 형이요?"

민이 약간 기대하는 목소리로 말하자, 형이 이렇게 덧붙였다.

"귀신이 뭐냐, 내 이름은 은이다. 은은. 성이 은, 이름도 은."

"이상한 이름이네요."

민은 이렇게 말하며 개구멍을 통과했다.

이제 뀨만 남았다.

"겁쟁이, 너 혼자 집에 가든가?"

"겁쟁이 아니거든요?"

뀨가 울컥했다. 그렇게 뀨는 개구멍에 마지막으로 들어갔다.

세 소년이 은과 함께 다시 폐가에 도착했을 때, 그곳에선 불빛이 새어 나오고 있었다. 은을 얼굴 귀신으로 착각했던 그 창문에서 나오는 빛이었다.

"누추하지만 웰컴."

은이 폐가 안으로 들어가며 말했다. 세 소년도 이리저리 두리번거리며 은을 따라 들어갔다.

큰 거실이 바로 나왔다. 현관을 중심으로 오른쪽이 거실, 왼편이 문제의 귀신, 아니 은의 얼굴이 보였던 창문 있는 방이었다.

"여기가 내 방이야."

은이 왼쪽 방문을 열며 말하자, 아이들이 방 안으로 들어갔다.

창문 앞에 어디서 주워 온 게 분명한 매트리스가 놓여있었다. 은은 아마도 그 매트리스에 누워있다가 밖에서 들려오는 소리에 창밖을 내다본 것 같았다. 아니라면 매트리스 위에 홑이불이 놓여있을 이유가 없었다.

방의 중앙에는 정사각형 모양의 테이블이 있었다. 은은 테이블을 중심으로 놓인, 각기 다른 색깔과 디자인의 의자 네 개 중 하나에 앉았다. 테이블과 매트리스, 의자는 해진 정도로 볼 때 어디선가 주워 온 물건인 듯했다. 은이 앉은 의자 옆으로 커다란 캐리어와 백팩, 통기타가 놓여있었다. 은이 갑자기 생각난 듯 일어나 캐리어를 열었다. 잘 정돈된 옷가지 속에서 바지를 꺼내 민에게 건넸다.

"화장실 가서 갈아입고 와."

하지만 민은 바로 화장실로 가지 못하고 머뭇거렸다. 그런 모습을 보고 은이 웃으며 말했다.

"왜, 귀신 나올까 봐?"

민은 울상이 돼서 대답하지 못했다.

"내가 같이 가줄게."

쭌이 나섰다.

"난 배신자 아니니까."

쭌은 어쩐지 으스댔다. 민이 진심으로 고마워하는 표정을 지으며 쭌을 따라 방에서 나갔다.

은과 뀨, 둘만 방에 남았다. 은은 뀨에게 관심이 없었다. 익숙한 손놀림으로 기타를 들고 다시 의자에 앉더니, 줄을 퉁겨 소리를 내다가 곧 어떤 곡을 연주하기 시작했다. 뀨가 모르는 노래였다. 하지만 듣기에 좋았다. 기타 선율이 공포를 빠르게 희석해 주는 느낌이었다. 마음이 편해지자 뀨는 궁금증이 솟아올랐다. 이 형, 혹시 가출한 걸까. 그렇다면 왜 하필 폐가에서 지내는지 알고 싶어졌다.

그러는 사이 민과 쭌이 돌아왔다. 민은 우물쭈물하다가 고개를 꾸벅 숙여 "감사합니다"라고 말했고, 은은 그런 민에게 고개를 살짝 끄덕여 보인 후 기타를 치며 말했다.

"가라."

"네?"

"이제 가라고. 늦었잖아."

은이 하품을 길게 하며 말했다.

그러고 보니 자정을 넘기고도 한참 지났다. 이런 시각에 남의 집에 찾아온 건 무례한 행동이다.

"아, 네. 갑자기 죄송했습니다."

"안녕히 계세요."

"바지 감사합니다."

세 소년은 당황해서 다급히 인사하며 은의 방을 빠져나갔다. 은이 뭐라 하지도 않았는데 방문과 현관문도 잘 닫아주었다.

"다음엔 낮에 와!"

폐가를 등지고 걸어가는 셋의 뒤쪽에서 은의 목소리가 들렸다. 돌아보니 은이 창문 밖으로 또 그 동그란 얼굴을 내밀고 히죽거리고 있었다.

"바지 돌려줘야지!"

"아, 네! 꼭 세탁해서 가져다 드릴게요!"

셋은 기분이 묘했지만, 일단 인사는 하고 다시 걸었다. 그렇게 걷다가 뀨가 혼자 슬쩍 뒤를 돌아보았다.

은은 여전히 창문에 동그란 얼굴을 대고 웃고 있었다. 그걸 본 뀨의 입에서 다시 한번 볼멘소리가 나왔다.

"어떻게 봐도 귀신이구만."

세 소년은 늘 함께다. 학기 중에 등하교를 함께하고, 방학 때도 주중에 같은 학원에 다닌다. 방학에는 학원 수업이 다 끝나도 오후에 제법 시간이 남아돈다. 평소 같으면 셋 중 아무 집에나 찾아가 게임을 하거나, 학원 숙제 혹은 방학 숙제를 하며 시간을 보낸다.

그런데 이날은 달랐다.

"바지 세탁 다 했는데."

오전 수업을 끝내고 학원에서 나올 때, 민이 가방 안을 보여주며 말했다. 그 안에는 다리미질까지 한 듯 잘 펴진 은의 바지가 들어있었다.

"갖다주자. 은이 형이 기다리겠다!"

쭌이 상기된 얼굴로 말했다.

"맞아, 맞아."

민 역시 고개를 크게 끄덕였다. 둘은 폐가에 다녀온 후 계속 은이 형 이야기만 했다.

"너네는 존심도 없냐? 우리 놀려먹은 놈이 뭐 좋다고 바지를 돌려주러 가!"

뀨는 그런 둘이 마음에 들지 않았다. 짜증을 낸 후 앞서 걸었다. 평소라면 이런 뀨를 다른 두 친구가 달랜다. 혹은 더 놀리며 장난을 친다. 그런데 이날은 달랐다.

"배신자 주제에."

쭌이 진심으로 화를 냈다.

"존심 이야기가 왜 나오냐? 물건을 빌렸으면 돌려주는 게 맞지."

쭌이 어깨로 뀨의 어깨를 툭 치고 앞장서 나갔다. 민이 그런 쭌의 뒤를 따르며 말했다

"빌린 물건은 돌려줘야 해."

뀨는 짜증이 났다. 하지만 그날 쭌을 내버려 두고 도망친 이야기가 나오면 할 말이 없었다. 무엇보다도 이런 일로 겁쟁이 소리를 듣는 건 질색이었다.

"아, 진짜!"

뀨는 어쩔 수 없이 민과 쭌의 뒤를 따랐다.

낮에 본 출입금지구역의 풍경은 밤에 본 것과는 전혀 느

낌이 달랐다. 개구멍을 통과해 이어지는 좁은 길엔 사람이 다닌 흔적도 꽤 있었다. 아무도 다니지 않는 외진 곳이라는 소문과 달리 주변 주민들은 이미 다 아는 지름길인 모양이었다. 소년들은 그날 괜히 겁을 먹었다고 생각하며 흙길을 따라 폐가로 향했다.

폐가 역시 밤에 왔을 때와 다른 모습이었다. 밤에 봤을 때는 으스스하게만 느껴졌던 회색 시멘트벽은 여름빛에 밝게 빛나고 있었고, 주황색 지붕은 쨍하니 색을 발해 더욱 따듯한 느낌이 들었다.

쭌이 나서서 현관문을 두드렸다. 대답이 없었지만, 문을 열고 들어갔다.

집 안은 휑하니 빈 공간이 많았다. 바깥 풍경처럼 어딘지 모르게 평온한 분위기는 아니었다. 하지만 무섭다는 느낌은 들지 않았다. 그보다는 어쩐지 쓸쓸한 공간이라는 생각이 먼저 들었다. 그런 생각이 드는 것은 은의 방문 사이로 새어 나오는 기타 소리 때문이었다.

처음 들어보는 멜로디였다. 왠지 모르게 쓸쓸하면서도 정감이 있었다. 세 소년은 기타 연주를 방해하면 안 될 것 같았다. 그렇게 숨죽여 듣다가 음악이 멎고 나서야 문을 두드렸다.

바로 문이 열리며 은이 나타났다.

"왔냐?"

은은 문을 열어놓고 다시 안으로 들어갔다. 테이블 앞 의자에 앉더니 다시 기타를 들고 연주를 시작했다. 방금 전 들린 그 곡이었다.

"바지 돌려드리러 왔어요."

민이 말했다.

"놓고 가."

민과 쭌은 잠시 서로 바라본 후 테이블 위에 바지를 놓았다. 은은 반응이 없었다. 쭌은 머뭇거리다 말했다.

"여기 놨어요."

은은 대꾸하지 않았다. 귀찮다, 돌아가라는 뜻으로 보였다. 민과 쭌은 우물쭈물했다. 둘은 은과 만날 일을 꽤 기대하고 있었다. 뀨는 그런 둘에게 짜증이 났다. 그만큼 친구들을 너무 함부로 대하는 은에게도 짜증이 났다.

"사람이 왔으면 상대를 해줘야 할 거 아니에요. 나는 오고 싶지 않았지만, 얘네들은 형 본다고 기대하고 왔어요."

뀨의 말에 민과 쭌의 얼굴이 뻘게졌다. 하지만 뀨에게 뭐라고 하지는 않았다. 뀨의 말은 사실이었으니까.

은은 뀨의 말을 듣고 잠시 멍한 표정을 짓다가 '으하하' 소리 내서 웃더니 기타를 옆에 내려놓았다.

"미안 미안. 작곡할 땐 내가 좀 넋이 나가서."

은은 테이블 위의 바지를 들어 캐리어 위에 툭 걸친 후 말했다.

"자, 그래서 무슨 이야길 하고 싶은데?"

뀨는 팔짱을 끼고 민과 쭌을 바라보았다. 돗자리는 내가 펴줬으니, 나머지는 알아서 하라는 뜻이었다. 그런데 민과 쭌은 쩔쩔매기만 했다.

"몇 살이에요?"

갑갑한 마음에 결국 뀨가 다시 입을 열었다.

"고 이. 너희는?"

"중 일이요. 형은 왜 여기 혼자 있어요?"

"뭐, 인생 경험이지."

"인생 경험?"

"남들은 가출이라고 하더군."

"가출은 어떻게 하면 돼요?"

민이 바로 호기심을 보였다.

뀨와 쭌은 엄마아빠가 서로 사이가 좋았지만 민은 달랐

다. 날마다 싸웠다. 싸울 때마다 마지막은 "엄마랑 같이 살래, 아빠랑 같이 살래?" 하고 민에게 질문하는 것으로 끝이 났다.

방학이 된 후, 민은 예전보다 더 자주 부모가 싸우는 걸 봤다. 가장 최근에 있었던 싸움의 원인은 민이 바지에 오줌을 싼 일이었다. 부모는 민이 중학교 일 학년이나 되었는데도 바지에 오줌을 싸는 게 서로의 탓이라며 한참을 싸웠다. 민은 그런 부모 사이에 끼어서 어쩔 줄 몰라 하다가 결국 울어버렸다.

"그냥 나오면 돼."

"그냥요? 하지만 그러면……."

"그러면?"

"부모님이 걱정하잖아요."

쭌의 말에 은이 두 번째로 크게 웃었다.

"난 부모님이 없어."

"네?"

"부모님 없다고."

"그러면 형은, 보육원에서 사는 거?"

"그렇지는 않아. 고모네랑 같이 살아."

"그런데 왜 가출했어요?"

"우리 집은 방이 두 개거든."

"그게 왜?"

"학기 중에는 문제가 없어. 고모 부부랑 나랑 셋이 사니까. 하지만 방학이 되면 사촌 누나가 그 집으로 돌아와."

"아, 그거 알 거 같다."

뀨가 말했다.

"너도 누나나 여동생 있구나?"

"네, 중 삼. 누나."

뀨는 예전에는 누나와 같이 방을 썼지만, 최근 방이 하나 더 있는 아파트로 이사 간 후로는 방을 따로 쓴다. 뀨도 어쩐지 그 후로 '안심'이 됐다.

"그럼 허락받은 가출?"

"그건 아니고."

은이 웃었다.

"감쪽같이 오가고 있지. 밤에 슬쩍 나갔다가 아침에 슬쩍 들어가고. 아르바이트 간다고 다시 얼굴 비치고 나가지. 고모 네는 맞벌이니까 그걸로 충분."

세 소년은 고개를 끄덕였다. 맞벌이 부부의 사정은 세 소년 모두 잘 알고 있다. 그보다 궁금한 건 다른 거다.

"형은 무슨 아르바이트 해요?"

세 소년은 요즘 들어 아르바이트에 관심이 많다. 고등학생만 되면 바로 돈을 벌어서 부모에게 손을 안 벌리고 실컷 놀고 싶었다.

"영화관 알바."

은이 즉답했다.

"방학 중엔 오전 일곱 시부터 열두 시까지 영화관에서 일해. 학기 중에는 저녁에 일하고."

"와, 부자다. 하고 싶은 거 다 하겠다."

"영화도 공짜로 실컷 보고!"

영화관 알바는 세 소년이 관심이 있는 알바 중 하나였다. 영화를 보며 일하다니, 거의 반은 노는 기분일 것 같아서, 부모 허락만 받으면 바로 해볼 셈이었다.

"그러고 나면 여기 와서 혼자 있어. 여기 있으니까 좋은 점이 많아. 공부를 많이 할 수 있거든. 작곡도 실컷 하고."

공부란 말에 세 소년은 '왜?' 하는 의문이 생겼지만, 이어 덧붙인 작곡이란 말에 '그러면 그렇지' 싶었다. 공부는 그냥 덧붙인 말일 거다. 정말 하려는 건 작곡이겠지.

은이 다시 기타를 무릎 위에 올렸다. 가볍게 줄을 튕겼다. 아까 방에 들어오기 전에 들었던 그 멜로디였다. 쓸쓸하면서도 다정한 멜로디.

"우리가 도와줘요?"

뀨가 말했다.

"아니, 뭐. 작곡 그거 힘들면 우리가 들어줄 수도 있고."

은을 만나기 전까지만 해도 뀨는 바지만 돌려주면 다시는 이곳을 찾을 일이 없을 줄 알았다. 하지만 은의 사정을 듣고 나니 생각이 달라졌다.

뀨 자신이 바라는 미래의 모습 그대로 살고 있는 은, 너무나 자유로워 보이는 은의 일상을 좀 더 공유하고 싶었다.

"오, 내 팬이 되겠다고?"

"팬은 무슨."

그렇게 잘 마음을 먹었다가, 은의 히죽거리는 말에 또 울컥했다.

"제대로 작곡하고 난 뒤에나 그런 말씀 하시지."

"알았다, 팬 일 호."

"팬 아니라고!"

"알았다니까, 팬 일 호."

"내가 다시는 오나 봐라!"

다음 날 학원이 끝난 직후, ㅠ는 당연하다는 듯 말했다.

"가자!"

민이 히죽거리며 물었다.

"어딜?"

"아, 진짜!"

ㅠ는 짜증을 내며 앞장서 걸었다. 물론, 폐가 방향이었다.

민과 쭌은 그런 ㅠ를 뒤따르며 키득키득 웃었다.

ㅠ는 처음에는 정말 안 갈 셈이었다. 하지만 막상 할 일이 없으니, 폐가의 은이 생각났다.

팬이 되라는 말은 아니꼬웠지만 은은 역시 멋졌다. 사촌 누나를 위해 방학 동안 가출한 은, 낮에는 좋아하는 영화를 실컷 보고, 밤에는 혼자 작곡한다는 은은 뭐랄까, 영화 속 인물 같았다.

ㅠ도 나중엔 은처럼 살아보고 싶었다.

폐가에 도착하니 어제와 같은 풍경이 세 소년을 맞았다. 하지만 달라진 점이 있었다.

현관문과 은의 방문이 모두 열려있었다.

은은 세 소년을 보자마자 먼저 손을 번쩍 들어 반기며 말했다.

"여, 내 팬클럽!"

"팬클럽 아니랬지!"

"알았어, 너 회장 시켜줄게. 회장! 잘 왔다!"

"안 한다고!"

말로는 싫다고 했지만, 뀨는 그 말이 마음에 들었다.

다음 날, 뀨는 학원에 가자마자 소리쳤다.

"이 몸을 이제부터 회장이라고 불러라!"

다른 아이들은 영문도 모른 채 일단 뀨가 원하는 대로 불러주었다.

"뀨 회장."

"회장 뀨."

그러면 뀨는 입이 헤벌쭉 벌어져서 이렇게 대꾸했다.

"나는 남자야. 다 큰 남자라고."

민과 쭌은 뀨의 말에 고개를 크게 끄덕이며 공감을 표했다. 하지만 영문을 모르는 다른 아이들은 어리둥절한 표정으로 민과 쭌, 뀨를 바라볼 뿐이었다.

세 소년이 폐가를 찾은 지 열흘이 지났다.

그 사이 은은 아르바이트 시간을 늘렸다. 세 소년은 그런 은의 일과에 따라 학원이 끝나면 들르는 곳의 경로를 바꿨다. 바로 폐가로 가는 것이 아니라 영화관에 들렀다. 은은 세 소년에게 공짜 영화를 보여줬다. 매번 "들키면 큰일 나. 나 짤려"라고 말하면서도 세 소년에게 팝콘과 콜라까지 챙겨주었다. 세 소년이 영화를 보고 나오면 보통 은의 아르바이트가 끝났다. 그러면 은과 세 소년은 함께 폐가로 향했다.

버스를 타고 가면 십 분이면 되는데 은은 늘 걷자고 말했다.

"그게 운동도 되고, 영감도 떠오르니까."

영화관에서 폐가까지는 걸어서 사십 분이 걸렸다. 처음에 세 소년은 걸어서 가는 게 싫었다. 팔월은 너무 더웠다. 에어컨이 빵빵한 버스를 타고 빨리 가서 그곳에서 은과 노닥거리고 싶었다. 하지만 막상 걸어보니 은과 함께 가는 길은 달랐다. 은은 길을 걸으며 기타를 쳤고, 가끔 그런 기타 선율에 맞춰 즉흥적으로 노래를 하기도 했다.

"너무 더운 팔월, 수박이 먹고 싶어. 수박수박 아삭아삭."

가끔 그건 수박 타령이 되었고,

"아이스크림이 생각나. 첫사랑 맛 아이스크림. 하지만 이렇게 더운 날은 빙수가 최고지."

또 빙수 이야기가 되었다.

뭔가 먹고 싶어지면, 은은 버스비를 아낀 돈으로 근처 마트에 들러 시원한 수박을 샀다. 폐가 역시 더웠다. 에어컨 같은 건 없었다. 하지만 수박을 함께 나눠 먹으며 누가 더 멀리 수박 씨를 뱉나 시합이라도 하면, 잠시 더위를 잊을 수 있었다.

아무리 그래도 삼십사 도가 넘는 날은 걷기에 무리였다. 영화관을 나오자마자 땡볕에 숨도 못 쉴 지경이었다. 은은 "안 되겠다!"라고 한마디 하더니 핸드폰을 들고 누군가에게 메시지를 보냈다. 곧이어 근처 쇼핑몰 안에 있는 워터파크 이름을 대며 말했다.

"한 시간 후, 수영복 챙겨서 다시 만나자."

아무리 돈을 아끼는 은이라도 더위는 못 이기는 모양이었다. 세 소년은 잔뜩 기대했다. 집에 들러 용돈을 챙겨 다시 모였다.

약속했던 워터파크, 은은 세 소년보다 먼저 와있었다. 한 손에는 종이 쇼핑백이 들려있었다. 세 소년은 그 안에 아마 은의 수영복이 있겠거니 했다. 그런데 은은 세 소년을 보더니 카운터로 다가가 그곳에 서있는 이십 대 남성에게 알은체했다. 그러더니 들고 온 종이 쇼핑백을 내밀었다.

"아니 무슨, 너 혼자도 아니고 셋이나 더 데리고 왔냐?"

카운터의 남성은 어이가 없다는 표정을 지었다.

"이 정도는 해야 쌤쌤이죠."

은이 실실 웃으면서 종이 쇼핑백을 열어 보였다.

"아, 아무리 생각해도 대출혈인데."

남성이 그 안의 물건을 흘깃 보며 말했다.

"다음 주 개봉작도 챙겨드릴게요."

남성은 그 말에 약간 부드러워진 말투로 은과 세 소년을 워터파크 안으로 들여보냈다.

"알았어. 들어가."

세 소년이 어떻게 한 거냐고 묻자, 은은 별것 아니라고 말했다.

"아아, 저 형 영화 덕후거든. 나랑 굿즈 딜했어."

"굿즈요?"

"영화 보고 나면 굿즈 주거든. 포스터 같은 거. 그거랑 워터파크 입장권이랑 바꾼 거야."

새삼 세 소년은 감탄했다.

이후로도 은은 그런 식으로 세 소년을 데리고 자주 다양한 곳에 찾아갔다. 패스트푸드점, 오락실, 노래방 등 은의 인맥은 다양했다. 대부분 물물교환으로 그곳에서 놀 수 있었다.

아마도 그것은 은이 지금껏 살면서 터득한 나름의 노하우일 것이다. 세 소년 눈에 그 노하우는 결코 이룰 수 없는 대단한 일로만 보였다. 그렇다고 해서 늘 노는 것만은 아니었다. 은은 정말 공부도 했다. 세 소년이 너무 놀자고만 하면, 가끔 엄한 말투로 꾸짖었다. 교과서를 펴고 공부하라거나, 여름방학 숙제를 하라고 시켰다.

언젠가 뀨가 물었다. 다 함께 폐가에 모여 여름방학 숙제며 문제집을 풀던 날의 일이다.

"형은 어떻게 그렇게 뭐든 다 해요?"

"나는 상상도 못 하겠어. 혼자 돈을 벌고, 딜하고 그러는 거."

"형은 너무 늠름해. 남자다워."

민과 쭌도 뀨의 말을 바로 거들었다.

"나도 나중에 형처럼 되고 싶어."

은은 세 소년의 말에 잠시 문제집에서 시선을 뗐다. 생각에 잠긴 표정으로 어딘가 허공을 바라보는 것 같더니 중얼거리듯이 말했다.

"그러게. 어쩌다 이렇게 될 수 있었을까……."

세 소년은 왠지, 더는 물어보면 안 될 것 같았다.

어느덧 개학이 열흘 앞으로 다가왔다. 그건 곧 은과 보내는 즐거운 시간이 끝난다는 의미였다.

방학이 끝난다고 은과 못 만나는 것은 아니다. 서로 연락처를 알고 있으니 꾸준히 만나면 된다. 아니면 은이 아르바이트하는 영화관에 찾아가면 된다. 하지만 세 소년은 모든 게 달라질 거란 생각이 들었다. 예전에 비슷한 경험을 한 적이 있는 탓이다.

세 소년은 원래 친하게 지내는 친구가 한 명 더 있었다. 전상우, 줄여서 우로 통하는 이 친구는 작년에 근처의 다른 지역으로 이사를 했다. 세 소년과 우는 처음엔 매일 카톡으로 이야기를 나눴다. 지역은 달라졌어도 버스로 오갈 수 있는 거리였기에 일주일에 한 번은 만났다.

하지만 서서히 연락이 줄어들었다. 우는 그 지역에서 새로운 친구를 사귀어서 점차 연락을 안 하게 되었고, 세 소년 역시 마찬가지였다. 중학교로 진학한 후로는 더욱 연락이 뜸해져 지난 사월, 삼 개월 만에 다시 만났을 때는 꽤 어색한 사이가 되어있었다.

그리고 지금껏 만나지 않고 있다. 세 소년은 은 역시 그렇게 될 것 같았다. 개학해서 학교로 돌아가면 중학생들과 어울리는 것보다 훨씬 즐거운 나날을 보내게 되리라.

세 소년은 시간이 멈췄으면 했다. 이대로 은과 함께하는 여름방학이 지속되길 바랐다.

하지만 시간은 소년들의 바람을 들어주지 않았다. 고작 하루만에 후덥지근했던 바람이 아침저녁이면 선선한 느낌으로 변했다.

세 소년은 앞으로도 은과 계속해서 연락을 주고받으리라는 확신이 필요했다. 그러다 떠올린 것이 은의 작곡이었다.

시간이 날 때마다 통기타를 치는 은. 늘 작곡하는 은.

그가 작곡하고 있는 노래를 세 소년이 함께 완성한다면, 은은 앞으로도 그들을 잊지 않고 꾸준히 연락할 것만 같았다.

이후, 세 소년은 폐가에 들를 때마다 같은 질문을 반복했다.

"얼마나 썼어요?"

"거의 다 되어가."

은은 처음에는 그런 세 소년의 채근을 웃으며 받아들였다. 하지만 몇 날 며칠이고 폐가로 달려온 세 소년이 "노래는요?" 하고 묻자, 은의 표정이 살짝 심각해졌다.

은은 평소와 달리 잘 웃지 않았다. 말도 별로 하지 않았다.

세 소년은 은이 신경 쓰였다. 하지만 다음 날이면 다시 평소의 은으로 돌아갈 거라고, 멋진 은이 형이 방긋 웃으며 자신들을 반길 것이라고 생각했다.

그런데 다음 날, 폐가에 찾아왔을 때 은이 형은 없었다. 그 외에도 달라진 것들이 있었다. 캐리어와 기타, 백팩까지 모두 없어졌다. 소년들은 그게 무엇을 뜻하는지 알았다. 은이 왔다 갔다. 아무 인사 없이 짐만 갖고 사라졌다는 뜻이다. 하지만 세 소년은 믿을 수 없었다. 애써 없어진 짐을 모른 체한 후 한 시간이고 두 시간이고 기다렸다.

"짐이 사라졌어."

결국 쭌이 입을 열었다.

"그럴 리 없잖아! 형이 그럴 사람이야?"

뀨가 화를 냈다.

"새 학기가 다가오니 집에 짐을 갖다 놓은 거야! 분명히 저녁에 다시 올 거라고!"

"그, 그래? 그런 걸까?"

쭌의 표정이 조금 밝아졌다.

"그렇지? 그런 거겠지?"

민 역시 마찬가지였다.

세 소년은 은에게 내일 또 오겠다는 메시지를 보낸 후 집으로 돌아갔다. 하지만 은에게 답장은 오지 않았다. 다음 날, 세 소년은 영화관에 가보기로 했다. 그런데 그곳에 갔다가 예상치 못한 이야기를 들었다.

"은이 아르바이트 그만뒀는데, 몰랐니?"

세 소년은 당황했다. 은은 개학하면 근무시간을 저녁으로 바꿀 거라고 했다. 그런데 이곳마저 그만두다니.

뀨는 서둘러 은에게 전화를 걸었다.

지금 거시는 번호는 없는 번호이오니…….

은의 전화가 결번이었다. 몇 번이고 전화를 걸어봤지만 마찬가지였다.

그래도 세 소년은 기대를 버리지 않았다.

다음 날, 다시 세 소년은 영화관에 들렀다가 폐가로 향했다. 형은 분명 돌아올 거라고, 이렇게 연락을 뚝 끊을 사람이 아니라고, 무언가 불만이 있다면 말로 했을 거라고 생각했다.

다음 날도 마찬가지였다.

은은 연락이 되지 않았다. 영화관에도, 폐가에도 오지 않았다. 전화번호를 바꾸고, 작별 인사도 하지 않고, 그렇게 가버렸다.

세 소년은 이런 사실을 믿을 수 없었다.

다음 날도 소년들은 영화관에 이어 폐가에 들렀다. 내일이면 개학이었다. 예전처럼 폐가에 마음 편히 올 수 있는 건 오늘이 마지막이다. 은도 그 사실을 알고 있었다. 그 사실이 세 소년을 기대하게 했다.

어쩌면 형은 오늘 다시 올지도 모른다고. 작별 인사를 위해서, 아니 앞으로 어떻게 연락을 주고받을지 알려주기 위해서 올 거라고 생각했다.

하지만 이변은 일어나지 않았다. 은은 없었다. 그뿐만 아니었다. 하룻밤 사이, 매트리스와 의자, 테이블마저 없어졌다.

그건 곧 은이 왔다 갔다는 뜻이었다.

"정말 가버린 거야?"

"대체 왜. 아무런 인사도 없이."

"우리한테 이래도 돼?"

세 소년은 이곳에 있지도 않은 은을 향해 각기 말을 쏟아

냈다.

처음에는 슬펐다. 조금 지나자, 화가 났다. 세 소년은 씩씩거리며 방을 빠져나왔다. 처음 폐가에 왔던 그날처럼, 집 앞에 서서 은의 방 창문을 바라보며 소리쳤다.

"얼굴 귀신 흉내나 내고!"

"누가 네까짓 거 존경할까 봐!"

"작별 인사도 안 하고! 비겁하다!"

세 소년은 속상하고 화가 나서 소리를 질러댔다. 그러다 주변의 짱돌을 주워 들었다. 뀨가 가장 먼저 "이 겁쟁이야!" 소리를 지르며 돌을 든 손을 번쩍 들었다. 그대로 창문을 노리고 던졌다.

쨍그랑.

창문은 아무런 저항 없이 깨졌다. 민과 쭌도 그런 뀨를 따라 했다. 돌을 던지며 갖은 말을 다 했다.

"얼굴 귀신!"

"배신자!"

셋은 한참 고함을 질렀다. 그러고는 씩씩거리며 폐가를 벗어났다.

세 소년은 다시는 폐가를 찾지 않을 셈이었다. 친구들과 어울리며 그렇게 은을, 폐가의 추억을 잊으려 들었다. 하지만 무슨 까닭인지, 잊으려 하면 할수록 점점 은이 생각났다.

한 달이 지나자 세 소년은 다시 영화관으로 향했다. 그곳에 은이 있나 찾아보고는 폐가로 향했다. 마찬가지로 은이 없다는 사실을 확인하고도 바로 떠나지 못하고, 잠시 멍청하게 셋이 은의 방에 앉아있다가 나왔다.

이런다고 은을 다시 만나리라는 보장은 없었다. 하지만 그만둘 수 없었다. 이제 그건 세 소년에게 몸에 밴 버릇과도 같은 일이 되었다.

얼마 지나지 않아, 세 소년은 폐가 근처 아파트 단지에서 버려진 매트리스를 발견했다. 그건 어쩐지 은이 형 방에 있던 매트리스와 닮은꼴이었다. 세 소년은 누가 먼저랄 것도 없이 매트리스에 손을 뻗었다. 무거운 매트리스를 들고 폐가로 향했다.

멀고, 힘들고, 철조망 너머로 매트리스를 넘길 때는 꽤 애를 먹었지만, 아무도 불평하지 않았다. 당연한 일이라고 생각했다.

한동안 세 소년은 매트리스에 드러누워 시간을 보냈다.

며칠 뒤, 이번엔 같은 아파트 쓰레기장에서 버려진 테이블과 의자 몇 개를 발견했다. 전에 은이 갖다 놓았던 것처럼 짝이 맞지 않는 의자들이었다. 세 소년은 이것들 역시 보자마자 손을 뻗었다. 두 번에 걸쳐 폐가와 아파트 단지 사이를 오가며 테이블과 의자를 옮겼다.

"은이 형만 있으면 완벽하네."

뀨가 말했다.

"뭔가 사정이 있을 거야. 가구를 치운 것 역시 그렇겠지. 어쩌면 공원 관리인한테 걸렸을지도 몰라."

쭌이 말했다.

"영화관에서 몰래 우리한테 영화 보여준 것 들켜서 도망쳤을지도 몰라. 그러니까 이렇게 해두면 언제든 돌아오겠지."

민이 말했다.

"돌아오면 예전처럼 지낼 수 있겠지. 분명 그럴 거야."

뀨가 말했다.

은이 왜 갑자기 사라졌는지는 알 수 없다. 하지만 그의 자리를 만들어 놓는다면 언젠가는 돌아오리라.

그것이 소년들이 생각한 멋진 모습이었다. 은이 형이라면 했을 법한 남자다운 행동이었다.

중학교 삼 학년이 된 뀨, 민, 쭌은 오늘도 폐가로 향했다.

소년에겐 아지트가 필요하다

그 사이 폐가에는 짐이 늘었다. 매트리스와 테이블, 의자 외에 책장도 주위 왔다. 셋이 좋아하는 만화책을 이 책장에 가져다가 꽂았다.

은이 떠나간 뒤로 셋은 통기타를 연습하기 시작했다. 어느새 제법 그럴듯한 연주를 할 수 있게 되었다. 가장 먼저 시작한 협주곡은, 귀동냥으로 익힌 은이 작곡한 노래였다.

그 기타 연주에 이끌리듯 몇몇 아이들이 폐가에 들르기 시작했다. 예전의 세 소년들 같은 중학교 일 학년을 비롯해 초등학생들도 있었다. 셋은 오래전 은이 그랬듯이 그 아이들이 폐가에서 놀도록 내버려 두었다. 궁금해서 말을 걸고 싶어 하면 상대해 주기도 했다.

예전에 세 소년은 은이 자신들과 노는 게 재미없을까 봐 걱정했다. 방학이 끝나면 은이 자신들을 잊을 거라고 두려워하기도 했다. 하지만 막상 중학교 삼 학년이 되어 폐가에 오는 아이들을 만나보니 느낌이 전혀 달랐다. 귀여웠다. 재밌었다. 그들이 하는 이야기에는 가끔 놀라운 생각이 있었다. 어쩌면 그게 은이 말하는 '영감' 같은 것일지도 몰랐다.

세 소년은 자주 오는 아이들에게 기타를 가르쳤다. 방학이면 은이 그랬던 것처럼 수박을 사서 같이 먹기도 했다. 나중에 영화관에서 아르바이트하게 된다면, 은처럼 몰래 영화를 보여줄까 진지하게 고민도 했다.

오늘도 세 소년은 영화관에 들렀다가 폐가로 향했다.

어쩌면 오늘은 은이 왔을지도 모른다. 소년들보다 먼저 와서, 지난날처럼 어린 소년들에게 기타 소리를 들려주고, 즐겁게 대화하고 있을지도 모른다. 그러다가 세 소년을 보면 아무 일도 없었다는 듯 "왔냐?"라고 아는체를 할지도 모른다. 은이 "겁쟁이들" 하고 놀리면 세 소년은 아무렇지 않게 대꾸할 거다. "누가 할 소리, 배신자!", "자기 멋대로 떠나놓고!"라고 소리칠 거다. 그러고는 아무 일 없었다는 듯 서로를 대할 거다.

세 소년이 개구멍을 넘는다. 길을 걷는다. 폐가가 보인다. 창문에 무언가 동그란 게 걸쳐있다. 누군가의 얼굴인 것만 같다.

세 소년이 웃는다. 점점 걸음이 빨라지다 못해 달린다.

그 얼굴을 향해.

정거장에서

이진

한 사람을 이루는 요소들은 많고 많다.

목소리, 말투, 성격, 잠버릇, 귀 모양, 키, 걸음걸이까지

수백 가지가 넘는 부분이 모여서 한 사람을 이루어낸다.

남자아이 혹은 여자아이라는 것은

그 수백 가지의 조각 중 단 한 조각에 불과하다.

사토가 남자라는 사실은 내가 그 애를 좋아하는 마음을

조금도 가로막지 못한다.

만약 남자다움과 여자다움이라는

이분법의 세계 바깥으로 걸어갈 수 있다면,

'나다움'으로 이 세상을 채워갈 수 있다면,

어떤 선택을 하고 싶나요?

아이 추워. 나는 얼음장이 된 손바닥을 호호 불며 마주 비
볐다. 엊그제까지만 해도 뒷마당 목련에 봉오리가 통통하게
부풀어 있더니, 하룻밤 새 들이닥친 꽃샘추위가 한강 물에 살
얼음까지 얼려놓았다. 손을 비비고 발을 동동 구르며 갖은 애
를 쓰다 내 곁에 선 아주머니 등에 업힌 아기와 눈이 마주쳤
다. 솜 누비 조바위로 꽁꽁 싸맨 아기의 볼이 홍시처럼 발그
레했다.

"이놈의 차는 언제 오나."

내 뒤에 선 양복쟁이 아저씨가 담배 연기를 뻑뻑 뿜어내
며 안달을 냈다. 이른 아침 우리 동네 전차 정거장에는 사람
들이 북새통이었다. 오늘은 월요일, 학생은 학교에 가고 회사
원은 회사 가는 날이다.

오늘따라 차가 많이 늦는다. 추위에 차 바퀴까지 얼어붙
었나. 성질 급한 사람들은 차라리 걸어가는 편이 낫겠다며 일

찌감치 정거장을 떠나버렸다. 나도 마음만 먹으면 학교까지 걸어갈 수는 있지만 그럴 수가 없었다. 참아야 했다. 기다리다 손발이 꽁꽁 얼어붙어도 나는 딱히 힘들지도 서럽지도 않았다. 오히려 오기가 돋았다. 바람아, 어디 더 세게 불어봐라. 내가 못 버티나.

"차 온다!"

담배 피우던 아저씨가 반갑게 외쳤다.

땡, 땡, 땡.

차가운 공기를 뚫고 영롱한 종소리가 울려 퍼졌다. 전차 도착을 알리는 종소리였다. 종소리는 꽁꽁 언 내 가슴에 따스한 봄기운을 불러들였다. 가슴 가득 파릇한 새싹이 움트고 하얗고 빨간 꽃봉오리가 맺혔다.

1928년, 경성 돈암정 전차 정거장에서 나는 추위 속에서도 품 안 가득 봄을 끌어안았다.

나는 누구보다 빨리 달려가 단숨에 전차 위로 올라섰다. 평소보다 늦게 도착한 전차 안에는 사람들로 가득했다. 북적이는 사람들이 내뿜는 숨결과 담배 연기로 차 안은 불 지핀 온돌방처럼 훈훈했다.

"실례합니다, 실례해요."

나는 두더지처럼 사람들을 뚫고 전차 앞 칸을 향해 꾸역
꾸역 나아갔다. 내 목적지는 운전사 아저씨의 등이 보이는 전
차 맨 앞쪽이었다.

"다음은 황금정, 황금정 입구요!"

차장 아저씨가 허리춤에 찬 가방에서 차표 뭉치를 꺼내며
목소리를 높였다. '황금정 입구'라는 정거장 이름을 듣는 순간
귀가 번쩍 뜨였다.

창밖 풍경이 눈에 띄게 화려해졌다. 종로와 함께 경성을
대표하는 번화가인 황금정에는 이름난 요릿집과 술집들, 백
화점에 영화관, 그리고 댄스홀까지 모여있어 밤낮을 가리지
않고 사람들로 북적였다.

황금정의 원래 이름은 '을지로'였다고 한다. 할아버지가
가르쳐주신 우리말 이름이다. 내가 태어나기 전, 조선이 일본
땅이 되면서, 일본 사람들이 새로 붙인 지명을 할아버지는 좋
아하지 않으셨다. 황금이란 값지고 귀한 것이니 좋은 이름 아
니냐고 어린 내가 묻자, 할아버지는 혀를 끌끌 차며 고개를
가로저으셨다.

나도 어릴 적에는 할아버지 따라 황금정을 을지로라 불렀

지만, 학교에 들어간 뒤에는 선생님도 친구들도 모두 일본말을 쓰는 탓에 일본 이름이 익숙해졌다. 을지로는 황금정, 필동은 대화정. 단지 동네 이름만 바뀐 게 아니었다. 지금은 모두 정(町)이라는 호칭으로 불리는 동네들이 과거에는 '동(洞)'으로 불렸다고 한다. 우리 동네인 돈암정 역시 예전에는 '돈암동'이라 불렸고, 우리 학교가 있는 만리정은 '만리동'이었단다.

나는 경성에서 황금정이 제일 좋다. 할아버지께는 죄송하지만, 황금정이라는 이름도 마음에 든다. 밤이 되면 사방에서 노란 전깃불이 번쩍이며 황금의 도시로 변하는 황금정은 어른이나 아이 할 것 없이 다들 좋아하는 동네지만, 내가 황금정을 좋아하는 이유는 따로 있다. 왜냐하면······.

전차가 느려지기 시작했다. 황금정 입구 정거장에 서있는 많은 사람이 점점 가까워졌다. 나는 숨을 크게 들이마셨다.

"뛰지 마시오! 뛰지 말라고!"

차장 아저씨의 고함에도 아랑곳없이 성질 급한 사람들은 전차가 멈추기도 전에 펄쩍펄쩍 차에서 뛰어내렸다. 내린 사람 수의 배로 많은 사람이 꾸역꾸역 올라탔다. 나는 책가방을 턱 아래 끼고 손잡이를 단단히 붙든 채 몸을 돌려 뒤를 돌아보았다. 두근두근. 턱 밑에서 힘차게 뛰는 내 맥박을 느끼며

두 눈을 바삐 굴렸다. 벌집에 가득 찬 벌 떼처럼 다 똑같아 보이는 사람들 틈에서 내 눈은 오직 한 사람을 놓치지 않았다.

있다. 그 애다.

그 애는 오늘도 어김없이 황금정 입구에서 전차 제일 앞 칸에 탔다.

그 애는 한 손으로 네모반듯한 가죽 책가방을 들고, 다른 한 손에는 책을 든 채, 북적이는 인파 속에서 손잡이도 붙들지 않고, 능숙하게 균형을 잡고 있다. 어제도 그제도 똑같은 모습이었다. 갓 바른 창호지처럼 새하얀 얼굴, 버선코처럼 오뚝한 콧대와 까맣고 단정한 눈썹, 주름 한 줄 없이 빳빳한 학생복과 똑바르게 각 잡힌 교모.

아, 잘생겼다.

한숨이 절로 새어 나왔다. 어떻게든 그 애 가까이 붙어 서고 싶은데, 그 애와 나 사이에는 덩치가 씨름선수만 한 아저씨와 두툼한 기모노를 입은 일본 아줌마가 서있기 때문이다. '실례하지만 저랑 자리 바꿔주세요'라고 어른들에게 말을 걸고 싶지만, 용기가 나지 않았다. 그 애가 바로 지척에 있는데, 어찌 입이 떨어질까. 심장이 너무 빨리 뛰는 탓에 말은커녕 마른침 삼키기도 힘겨웠다.

전차는 열심히 달려 본정통 조선은행 앞에 도착했다. 사람 많은 경성에서도 가장 붐비는 조선은행 앞은 사람들이 제일 많이 내리는 정거장이기도 하다. 운 좋게 내 바로 앞자리가 비었다. 앉아, 앉아. 마음속으로 간절하게 빌자, 거짓말처럼 그 애가 그 자리에 앉았다.

나는 속으로 만세를 부르며 그 애를 살그머니 보았다. 그 애는 무릎 위에 책가방을 얹어 놓고 책을 읽기 시작했다. 그 애는 독서를 좋아한다. 오늘은 어떤 책을 읽을까? 오늘의 책은 영어책이다. 영어로 쓰인 책을 저리 술술 읽어 내리다니 대학생 같아. 멋지다. 분명히 학교 공부도 우등이겠지.

이름도 성도 모르는 그 애. 나와 같은 학생이고, 책을 좋아하는 그 애.

나는 그 애에게 첫눈에 반했다.

그 애는 늘 같은 시간 황금정 입구 정거장에서 전차를 타고, 나랑 같이 만리정 정거장에서 내려, 반대 방향으로 걸어가 버스로 갈아탄다. 내가 그 애와 마주하는 시간은 하루 중 길어야 이십 분 남짓이었다. 하지만 그 이십 분이 나의 하루 중 가장 기다려지는 시간이다.

처음 만난 건 보름 전이었다. 그날 나는 그 애 맞은편 자리에 앉아서 졸고 있었다. 그날도 그 애는 무릎 위에 가방을 반듯이 올려놓고 책을 읽었다. 처음엔 그 애보다 그 책에 먼저 눈이 갔다. 내가 제일 좋아하는 책이기 때문이다.

《행복한 왕자》. 영국 작가가 쓴 소설책이었다. 나는 일 학년 때 그 책을 처음 읽었는데, 주인공 제비가 추위에 얼어 죽는 장면이 너무 슬퍼 일주일 내내 울었다.

이런 책을 읽는 아이는 과연 어떤 아이일까? 궁금해진 나는 그 애의 얼굴을 보았다. 책을 읽는 그 애의 말끔한 얼굴에서 눈부신 빛이 났다. 꼭 소설에 등장하는 '행복한 왕자' 같았다. 온몸이 황금으로 빚어진 행복한 왕자는 찬란하고 고귀한 자태로 지나가는 시민들의 칭송을 받는다. 그날 이후 그 애는 쭉 나만의 왕자였다. 매일 아침 전차에 오르는 왕자, 황금정의 왕자님.

왕자는 앞에 선 다른 학교 애가 저를 두고 무슨 생각을 하는지 꿈에도 모르는 채 독서에 푹 빠져있었다. 책장을 넘기는 그 애의 손톱 밑은 항상 하얗고 깨끗했다. 반면 내 손톱은 긴장하면 물어뜯는 버릇 때문에 늘 엉망진창이었다. 부끄러워진 나는 괜스레 두 손을 저고리 소매 안으로 숨겼다.

그 애는 진지한 표정으로 책을 읽어 내리다 고개를 갸웃

거리더니 책가방에서 두툼한 영어사전을 꺼내 펼쳤다. 책장마다 까맣게 줄이 쳐진 그 애의 사전을 보니, 허허벌판처럼 썰렁한 내 교과서가 부끄러워졌다. 그 애 앞에서 나는 늘 부끄럽기만 하다. 물어뜯어 못생겨진 손톱도 부끄럽고, 보나 마나 벌겋게 달아올라 있을 두 뺨도 부끄럽다. 비록 그 애가 나에게 눈길 한번 준 적 없지만, 그래도.

"만리정, 만리정이오!"

차장 아저씨의 목소리에 정신이 들었다. 어느새 내릴 시간이었다. 그 애는 읽던 책을 잽싸게 가방에 넣고 내릴 준비를 했다. 자리에서 일어나면서 나를 흘끔 보는 듯하더니 곧장 시선을 돌려 차에서 훌쩍 뛰어내렸다. 나도 허둥지둥 차에서 내렸다. 나보다 키가 반 뼘은 크고 팔다리도 길쭉한 그 애는 걸음이 무척 빨랐다. 순식간에 나에게서 멀어져 때마침 도착한 버스를 타고 가버렸다. 흙먼지를 뿜어내며 멀어져 가는 버스를 향해 나는 살짝 손을 흔들었다. 내일 또 만나, 왕자님.

"座りなさい스와리나사이(앉아요)."

나는 내 귀를 의심했다. 그 애가 나에게 말을 걸었다.

수요일 아침이었다. 귀까지 얼얼하던 꽃샘추위가 거짓말

처럼 물러가고, 사방에 봄기운이 완연했다. 뒷마당 목련은 단숨에 활짝 피었고, 학교 앞마당에는 진달래가 피었다. 남산행 전차 맨 앞칸 가운데 자리에 앉은 그 애가 앞에 선 나를 빤히 보고 있었다. 눈과 눈이 정확히 마주쳤다. 어물거리는 나에게 그 애가 다시 말했다.

"座らない? 스와라나이(안 앉을 거야)?"

내 눈을 똑바로 보면서 말했으니 틀림없이 나에게 하는 말이다. 꿈도 아니고 상상 속에서 일어난 일도 아니다.

"아, 네. 아니, 하이."

나도 모르게 조선말이 튀어나오는 바람에 급히 말을 바꾸었다. 놀라거나 당황했을 때, 그리고 진짜로 기쁘거나, 진짜로 화가 날 때는 꼭 조선말이 먼저 나온다.

학교에서 조선 친구들과 조선말을 쓰면 선생님께 야단맞는다. '국어', 즉 우리나라 말은 일본말이기 때문이다. 지금은 학교 밖이니까 상관없지만, 예전에 우연히 같은 전차에 탔던 담임선생님께 조선말을 쓴다고 한 소리 들은 다음부터는 밖에서도 말조심하는 습관이 붙었다. 아무리 그래도 이렇게 저절로 터져 나오는 조선말은 어쩔 수 없다. 그야 갓난아기 적부터 써온 진짜 우리말이니까.

아무튼 그래서 지금 어떤 기분이냐면, 엄청나게 놀랐다. 그리고…… 기쁘다.

그 애는 엉덩이를 살짝 옆으로 비키며 내가 편히 앉을 수 있도록 배려해 주었다. 나는 책가방을 꼭 끌어안은 채 그 애 옆에 앉았다. 가슴이 터질 듯하고 얼굴은 불붙은 듯 뜨거웠다.

"너 혹시 Y 고보 학생이니?"

그 애가 물었다. 나는 낟가리를 주워 먹는 참새처럼 정신없이 고개를 끄덕였다.

"그렇구나. 나는 K 공립. 내 친구도 너랑 같은 Y 고보 다녀. 나카지마라는 녀석. 이 학년이야. 알아?"

"아, 나카지마. 알아요. 일 학년 때 같은 반이었어요."

그 애는 읽던 책을 탁 덮더니 반갑다는 듯 밝은 목소리로 말했다.

"그래? 너도 이 학년이구나. 나도 이 학년이니까 존댓말은 그만둬."

그러더니 나를 향해 불쑥 오른손을 내밀었다.

"난 사토(佐藤)라고 해. 너는?"

일본 이름이었다. 그 애는 일본 아이였다. 조선 사람과 일본 사람은 많이 닮아서 얼굴만 보고는 선뜻 가늠하기 어렵다.

나는 잠시 망설이다가 그 애가 내민 손을 살짝 잡았다.

"나는…… 김영수."

"반가워. 김은 너무 흔하니까 영수라고 부르면 되겠지?"

그 애, 사토가 시원스레 말했고 나는 그저 고개만 끄덕였다. 믿어지지 않는 행운이었다. 황금정의 왕자님이 나에게 먼저 말을 걸다니, 이건 꿈이야. 게다가 먼저 나에게 악수까지 청했다. 그 애의 손은 나 혼자 상상했던 것과 꼭 같이 부드럽고 매끄러운 고운 손, 공부 잘하는 아이의 손이었다.

사토는 덮었던 책을 다시 펼쳐 들었다. 나는 조심스레 물었다.

"무슨 책 읽어?"

"아 이것. 애덤 스미스의 《국부론》."

"몹시 어려운 책 아니야? 게다가 영어로……."

"맞아. 어려워서 진도가 통 나가지 않아. 그냥 소설책이나 읽을걸 하고 매일 후회한다니까."

멋있다. 나는 거듭 감탄하며 사토의 옆얼굴을 바라보았다. 이렇게 가까이서 보니 더 잘생긴 것 같았다. 사토가 내게 물었다.

"너는 어떤 책 읽어?"

"아, 나는 영국 소설《행복한 왕자》를 감명 깊게 읽었어."

실은 나, 네가 그 책을 읽는 모습을 보고 네게 첫눈에 반했어. 내가 세상에서 제일 좋아하는 소설책이거든. 이렇게 말하고 싶었지만, 입 밖으로 낼 수는 없었다. 너무 부끄러우니까.

사토는 별 감흥 없는 표정으로 대답했다.

"그래?"

그뿐, 사토는 더 이상 책 이야기를 이어가지 않았다.《행복한 왕자》를 사토가 어떻게 읽었는지, 그애의 감상 평이 무척 궁금했는데 아쉬웠다. 하지만 이렇게 나란히 앉아 말을 나누는 게 어디람. 너무 욕심부리지 말아야 한다.

"만리정, 만리정이요!"

어느새 내릴 시간이었다. 사토와 나는 가방을 들고 일어섰다.

"다음에 또 보자."

사토가 시원스레 작별 인사를 건넸고, 나는 고개를 세 번 넘게 끄덕였다. 헤어진 다음에도 나는 버스 정거장으로 걸어가는 그 애의 뒷모습을 한참 바라보며 제자리에 서있었다.

내가 반한 아이는 일본 아이다.

우리 학교에도 일본 아이들이 몇 있기는 하지만, 조선 아이들이 훨씬 많다. 일본 아이들은 대부분 일본 학교에 다니기 때문이다. 특히 사토가 다니는 K 공립중학교는 부잣집과 명문가 출신 일본인 아이들이 많이 다니기로 이름난 학교였다. 일본 사람들은 조선 땅에 들어오면서 일본 아이들을 위한 학교를 따로 세웠고, 조선 사람들이 세운 조선 학교에는 조선 아이들이 다녔다. 몇 년 전 총독부에서 학교 제도를 바꾸었다. 조선인 중학교는 중학교가 아닌 '고등보통학교', 줄여서 고보라 하고 일본인 중학교만 중학교로 불리게 되었다.

하필이면 일본 아이에게 첫눈에 반하다니. 할아버지께서 아시면 벼락 맞을 일이었다. 물론 할아버지께는 아무 말도 못하지만. 사토를 향한 내 마음은 할아버지뿐 아니라 부모님께도 함부로 털어놓을 수 없는 나만의 비밀이었다.

내가 반한 아이는 남자아이이니까.

그리고 나도 남자아이다. 나는 남자면서 남자를 좋아한다. 지금껏 한 번도 여자아이에게 사토에게 반한 것처럼 반해 본 적이 없고, 또래 여자아이와 어울려 본 적도 없다. 여자아이들은 여학교에 다니기 때문에 만나서 이야기를 나누어 볼 기회도 없었다.

아버지가 읽으시는 신문에서 나처럼 같은 성별을 좋아하

는 사람들이 있다는 사실을 알게 되었다. 그런 이들은 '동성애'를 하는 사람이라 불렸다. 신문 기사에 따르면 젊은 학생들의 동성애는 종종 일어나는 일이며, 나이를 먹고 이성을 사귀면 자연스레 흥미를 잃어버리는 한때의 철없는 치기에 지나지 않는다고 했다.

얼마나 똑똑하고 잘난 어른들이 신문 기사를 쓰는지는 모르지만, 분명히 말하건대 나는 여자아이를 만나본 적이 없어서 남자아이를 좋아하는 게 아니다. 나는 사토의 책 읽는 모습에 끌렸다. 책 읽기를 좋아하고 공부 잘하는 아이, 흰 낯빛에 손이 예쁘고 옷차림이 단정한 아이. 나는 사토가 딱 그런 아이라서 반했다.

한 사람을 이루는 요소들은 많고 많다. 목소리, 말투, 성격, 잠버릇, 귀 모양, 키, 걸음걸이까지 수백 가지가 넘는 부분이 모여서 한 사람을 이루어낸다. 남자아이 혹은 여자아이라는 것은 그 수백 가지의 조각 중 단 한 조각에 불과하다. 사토가 남자라는 사실은 내가 그 애를 좋아하는 마음을 조금도 가로막지 못한다.

우리 부모님과 할아버지는 이런 내 마음을 꿈에도 모르실 테다. 혹여나 아시면 크게 걱정하시겠지. 왜냐하면 나는 우리 집안에 하나뿐인 아들이니까. 굳이 나서서 남들에게 자랑한 적은 없지만, 나는 어머니가 딸만 네 명을 낳은 끝에 낳은 삼대독자다.

"너는 우리 전주 김씨 집안 삼대독자 장손이다. 장손은 집안을 이끄는 사내대장부니라. 무릇 사내대장부라면 양가 출신 규수와 혼인하여 대통을 잇고, 조상님 제사 모시는 일을 으뜸으로 여겨야 하느니라."

내가 막 걸음마를 뗐을 때부터 할아버지께서는 안방 한가운데 나를 앉혀 놓고, 아침저녁으로 장손의 법도를 가르치셨다. 나는 할아버지 말씀이 하나도 이해가 가지 않았지만, 지엄하신 말씀에 고개를 끄덕이는 수밖에 없었다.

우리 반에 나 말고 또 다른 장손이 있는데, 그 아이는 이미 열두 살 때 장가를 들었다. 요즘에는 이렇게 일찍 장가드는 게 아주 흔한 일은 아니지만, 평범한 남자라도 스무 살을 넘기자마자 결혼하는 것이 당연한 상식이었다.

처음 만난 여자와 결혼해 아이들을 여럿 낳고, 그 아이들에게 아버지라 불리고, 철마다 조상님께 제사를 올리고…… 솔직히 상상이 가지 않는다. 그렇게 살아가는 나는 내가 아닌 것 같다. 이런 생각을 하면 울적해진다.

만일 사토가 여자라면 어떨까? 그 역시 상상이 가지 않는다. 전차에는 여학생들도 많이 타고 내렸다. 하지만 나는 사토를 몰래 본 것처럼 여자아이들을 훔쳐본 적이 단 한번도 없었다. 그런 눈으로 여자를 보는 건 불량한 놈들이나 하는 짓 같기도 하고, 솔직히 말하자면 여학생들의 얼굴보다는 그네들이 걸친 옷이나 가방, 신발에 먼저 눈길이 가는 탓이었다. 저 아이는 구두 골라 신는 센스가 좋네, 저 애가 입은 치마 주름이 조금 비뚤어졌네, 재봉사 솜씨가 별로인가 봐. 이런 생각을 하고 있으면 지루한 시간도 잘 지나갔다. 저 여자애는 낯빛이 꺼멓네, 이가 뻐드렁니네 하며 시시덕거리는 또래 친구들에게는 말할 수 없었지만.

나는 어릴 적부터 어머니와 누나들이 백화점에 가는 날에는 꼭 따라나섰다. 백화점에 진열된 예쁜 여자 옷과 구두, 화장품에서 풍기는 외국 냄새가 못내 좋았다. 봐, 지금도 백화점 생각을 하니까 울적했던 기분이 금방 나아지잖아.

이번 주말에는 누나들이랑 할아버지 모시고 화신백화점으로 나들이 갈까? 누나들이야 무조건 좋다고 할 거고, 할아버지는 화신은 조선인이 세운 백화점이라며 못 이긴 척 같이 가주시겠지. 사실은 할아버지가 화신백화점 카페에서 파는

커피에 사족을 못 쓰시는 탓이지만. 그동안 아껴둔 용돈으로 구수한 커피 한잔 대접해 드려야겠다.

월요일이 돌아왔다. 나는 평소보다 한 시간 일찍 일어나 깨끗이 세수하고 마당에 내려가 맨손체조를 시작했다.

"막둥이 왜 저래? 동트기도 전에 수선이야."

누나들이 잠이 덜 깬 얼굴로 짜증을 냈다. 나는 누나들이 뭐라 하거나 말거나 열심히 체조했다. 조금이라도 더 상쾌하고 건강한 모습으로 학교에 가고 싶었다. 오늘은 그 애를 만나는 날이니까.

아침밥을 먹자마자 책가방을 들고 일어서는데 어머니가 날 붙잡아 세우시더니 목과 어깨에 털실로 짠 두툼한 목도리를 둘둘 감으며 소리를 치셨다.

"얘! 어딜 맨몸으로 나가니. 우리 집 장손 고뿔 걸리면 큰일이다."

앞마당을 쓸던 큰누나가 허리에 손을 짚으며 콧방귀를 뀌었다.

"오늘 하나도 안 춥거든요? 꽃샘추위도 다 지나갔는데 고뿔은 무슨?"

다 먹은 밥상을 치우던 둘째 누나도 한마디 거들었다.

"다 큰 사내 녀석을 갓난아기 취급하시네."

엄마는 눈을 부릅뜨며 누나들에게 야단을 쳤다.

"계집애들이 말이 많다!"

목도리 밑에서 벌써 땀이 솟아나기 시작했다. 큰누나 말대로 오늘 날씨는 완연한 봄이라 하나도 춥지 않았다. 마음 같아서는 벗어버리고 싶었지만, 어머니 잔소리를 감당할 자신이 없어 꾹 참고 집을 나섰다.

어머니의 사랑은 감사하지만, 이럴 때는 마음이 무겁다. 날씨가 아무리 추워도 어머니는 나부터 챙길 뿐, 누나들에게는 목도리를 둘러주기는커녕 걱정하는 말 한마디 해주신 적이 없다. 우리 집에서 나는 할아버지 다음가는 상전이다. 내 밥상은 누나들이 차려주고, 치워주고, 옷 빨래와 다림질도 누나들이 돌아가며 해준다. 내가 깜박 잊고 간 도시락을 전차 정거장까지 쫓아와 전해주는 사람도 누나들이다. 매일 그렇게 나만 신줏단지 모시듯 떠받들면 내심 짜증이 날 법도 한데, 누나들은 어머니 못지않게 나를 아끼고 귀여워해 준다.

그토록 한없는 사랑을 퍼부어 주는 이유는 내가 누나들의 동생이기 때문일까, 아니면 우리 집안 삼대독자 장손이기 때문일까? 가끔 그런 생각이 들 때마다 마음이 복잡해졌다.

오늘 전차는 제시간에 맞추어 도착했다. 나는 전차 맨 앞 칸에서 그 애를 기다렸다. 지난 며칠 동안 우리는 아침마다 이야기를 나누며 조금씩 친해졌다.

그 애의 이름은 사토 마코토(佐藤 誠), K 공립중학교 이 학년, 독서를 좋아하지만, 소설은 그다지 좋아하지 않는다. 영어와 독일어를 잘하는 우등생이다. 집은 황금정 삼정목에 있고, 마당에 큰 사과나무가 심겨있다. 철도 공무원이신 아버지를 따라 일본에서 조선으로 건너온 지 올해로 삼 년째란다.

며칠 사이 사토에 대해 제법 많은 사실을 알게 되었다. 앞으로 더 많이 알고 싶고, 그 애도 나에 대해 더 궁금해하기를 바랐다.

"영수, 그 머플러는 누구 작품이야?"

사토가 내 목도리를 가리키며 물었다. 그 애는 나의 이름을 일본식으로 '에이슈'라고 부르지 않고, 제대로 영수라고 불러주었다. 내 이름을 그 애가 입에 담을 때의 살짝 어색한 억양이 얼마나 귀여운지. 나는 기꺼이 대답했다.

"아 이것? 우리 둘째 누님이 떠주신 거야."

그러자 사토는 씩 웃으며 되물었다.

"여학생이 떠준 건 아니고?"

웬 여학생? 나는 할 말이 없어 입을 다물었다. 느닷없는 말을 던진 사토는 멋쩍은 듯 교모를 살짝 들어 올리고 머리를 긁었다.

"농담이야."

에잇, 농담이 지나치잖아. 하고 웃으며 받아치려다 너무 친한 척하는 것 같아 그만두었다. 사토는 이어 물었다.

"영수, 너는 혹시 연애해 본 적 있어?"

사토의 입에서 '연애'라는 말이 나온 순간 가슴이 두방망이질하기 시작했다. 나는 바보스럽게 되물었다.

"연애? 나 말이야?"

"여기 너 말고 누가 있니."

"나는…… 한 번도 없어."

사실대로 대답하는데 정신이 하나도 없었다. 연애라니. 왜 갑자기 나한테 그런 걸 물어보지? 무슨 뜻으로? 머리가 어지러웠다.

그러자 사토는 진지하게 말했다.

"나도 아직 없어."

그러더니, 별안간 내 얼굴 가까이 제 얼굴을 바짝 들이대고는 속삭였다.

"있잖아. 우리 반에는 연상의 여학생이랑 연애편지를 주고받는 놈이 있어."

한껏 낮춘 그 애의 목소리가 귓가를 간지럽혔다. 따뜻한 숨결이 뺨 위로 흘러내렸다.

"그래……?"

"어디서 처음 만난 줄 알아?"

나는 입을 꼭 다문 채 고개만 좌우로 흔들었다.

"바로, 이 전차 안에서 만났대."

나는 눈을 휘둥그레 뜨고 사토를 바라보았다. 그 애와 이렇게 가까이 닿은 것은 처음이었다. 코앞에서 나를 보는 사토의 표정은 세상없이 진지했다. 내 심장은 터지기 일보 직전이었다. 아니, 이미 터져 버렸는지도 모를 일이었다.

"그렇…… 구나."

그저 바보같이 중얼거릴 뿐이었다. 사토는 계속 속삭였다.

"그 녀석 말로는 여학생이 먼저 저한테 말을 걸었다나. '저기, 책갈피가 떨어졌네요'라고. 웃기지?"

그러더니 뭐가 그리 재미있는지 주먹을 제 입가에 대고 푹 웃었다. 그 웃는 얼굴이 기막히게 잘생겨서 나는 정신이 아득해졌다.

"왜 그렇게 얼굴이 빨개? 더워?"

그 애가 뒤늦게 내 얼굴을 보더니 놀라 물었다. 나는 어쩔 줄 몰라 손을 들어 양 뺨을 마구 문질렀다. 그러면 얼굴이 더 벌겋게 된다는 것도 생각 못 했다. 사토는 재미있다는 듯 작게 웃었다.

"내가 괜한 말을 했나 보네."

"아니, 그게 아니라. 난 잘 몰라서."

"너는 참 순수하구나. 생긴 것도 아기 같아서는."

그 애가 내 붉어진 낯을 지긋이 바라보며 말했다.

웃음기를 머금은 입매와 목소리. 갑자기 사토가 나를 향해 손을 뻗어오는 바람에 나는 얼어버렸다. 그 애의 길고 곧은 손가락이 익을 대로 익은 홍시 속 꼴이 된 나의 뺨 위에 스치듯 닿았다. 이윽고 그 애는 긴 눈꼬리를 살짝 찡그리며 검지와 엄지로 내 콧잔등에 붙은 털실 조각을 떼어냈다.

"만리정, 만리정이오!"

귀청을 때리는 브레이크 소리와 함께 전차가 멈추었다. 그 애는 손가락을 가볍게 튕겨 털실을 창밖으로 털어내며 일어섰고, 나는 한동안 꼼짝도 못 한 채로 의자에 눌어붙어 있었다.

사토와 헤어지고 어떻게 학교에 왔는지 기억이 하나도 나지 않았다. 자리에 앉아 수업을 듣는 시늉을 했지만, 칠판 글씨도 교과서도 전혀 눈에 들어오지 않았다. 내 귓가에 속삭이던 사토의 목소리가 종일 귓가를 떠나지 않았다. 내 볼에 닿은 그 애의 손길이 끊임없이 떠올랐다. 나는 저주에 걸린 서양 동화 속 공주가 된 기분이었다. 너무나 달콤한 저주, 영원히 풀리지 않을 저주였다.

왜 갑자기 나에게 그런 이야기를 꺼냈을까? 전차에서 시작된 연애 이야기라니, 너무 뜬금없고 갑작스러웠다. 마치…….

"너는 참 순수하구나. 생긴 것도 아기 같아서는".

그랬다. 마치 내 마음속을 꿰뚫어 보는 듯한 말투와 눈빛이었다. 그 목소리가 얼마나 다정했는지, 내 볼에 닿던 손길이 얼마나 부드러웠는지. 그 순간을 떠올리는 것만으로 지금도 뱃멀미하는 양 머리가 어지러워진다.

하루 수업이 다 끝날 때까지 나는 사토가 대체 왜 나에게 뜬금없이 전차 연애 이야기를 꺼냈는지 끝없이 곱씹어 보았다. 그리고 조심스러운 결론을 내렸다.

혹시 사토 그 애도 조금은 나와 같은 마음인 걸까?

그러지 않고서야 갑자기 그런 이야기를 나에게 꺼낼 이유가 없잖아. 안 그래?

대답해 줄 사람도 없는 질문을 스스로 던진 나는 또다시 멋대로 두방망이질하는 가슴을 다스리느라 진땀을 빼야 했다.

만에 하나 사토가 나와 같은 마음이라면, 그래서 우리가 사귀게 된다면 어떡하지? 일단 가족과 친구들에게는 죽을 때까지 비밀을 지켜야겠지. 사토도 아마 마찬가지겠지. 그렇게 남몰래 비밀 연애를 하는 거야.

언젠가 신문에서 읽은 기사가 기억났다. 남몰래 동성애를 하던 여학생 둘이 비단 끈으로 서로의 손목을 하나로 묶고 한강 인도교에서 뛰어내려 함께 목숨을 끊었다는 내용이었다. 죽기 전 두 사람은 서로가 사랑하는 사이이며 영원히 헤어지지 않겠다는 내용의 유서를 각자의 집에 남겼다고 한다.

그 기사를 처음 읽었을 때 나는 슬프거나 무섭다기보다는 그 여학생들의 용기가 대단하다는 생각이 먼저 들었다. 그렇게 둘이 함께 목숨을 끊으면 부모님과 학교와 온 나라 사람들이 자기네들이 어떤 사이였는지 알게 될 텐데. 실제로 두 사람이 연인 사이라는 사실이 신문을 통해 만천하에 알려졌다. 생각해 보면 그들은 오히려 사람들에게 자신들의 진심을 알리기 위해 목숨을 끊었는지도 모를 일이었다.

　나랑 사토도 마지막에는 그렇게 되는 걸까? 아, 나는 세상에서 물을 제일 무서워한다. 얕은 개천물도 똑바로 못 쳐다볼 정도다. 하지만 사토와 함께라면, 사토가 내 손을 꼭 잡아 준다면 용기를 낼 수 있을 거야. 그 여학생들도 혼자라면 차마 못 했을 일을 서로의 손을 하나로 꼭 묶은 끝에 해냈을 테니까.

　"김영수! 집에 안 갈 거냐?"

　날 선 일본말이 뒤통수를 사정없이 후려쳤다. 나는 몸을 바르르 떨며 망상에서 깨어났다. 나를 현실로 끌어올린 건 회초리를 손에 쥔 담임선생님이었다. 어느새 교실은 텅 비어 있었다. 나만 빼고 아이들 모두가 집에 돌아간 것이었다.

　"온종일 멍하니 정신 빼놓고 말이야. 어디 아프기라도 한 게냐?"

　내 책상 위에 회초리를 연신 내려치며 성을 내던 선생님은 마지막에는 조금 걱정하는 투로 물었다.

　"아닙니다. 죄송합니다."

정거장에서

나는 황급히 고개를 숙이며 교실을 나섰다.

아무래도 난 진짜 병에 걸린 모양이다. 상사병에.

"영수, 안녕."

사토가 손을 번쩍 들며 나에게 인사했다. 나도 마주 손을 흔들며 그 애를 향해 나아갔다. 담뱃재를 함부로 터는 뚱뚱보 아저씨도, 살짝 부딪혔을 뿐인데 무섭게 눈을 부릅뜨는 아줌 마도 거뜬히 밀쳐내며 신나게 앞길을 텄다.

"앉아."

사토는 옆자리에 앉았던 할아버지가 일어나자마자 내 소 맷자락을 잡아당겨 그 자리에 앉혔다. 그러고는 책가방에서 늘 읽는 영어책과 함께 작은 종이봉투를 꺼냈다. 이윽고 펼쳐 진 영어책 한가운데에 보석처럼 빨갛고 노란 드롭스 사탕 알 이 떨어졌다. 사토가 권했다.

"먹을래?"

나는 한없이 기쁜 마음으로 빨간색 사탕을 골랐다. 당장 먹지 않고 간직할 생각으로 슬쩍 바지 주머니에 사탕 알을 감 추었다. 역시 나만의 착각이 아니었던 거야. 사토도 나와 같 은 마음인 것이 분명해. 그러지 않고서야 이렇게 잘해줄 리가 없잖아.

잊을세라 나도 내 가방에서 종이 꾸러미를 꺼내 무릎 위에 풀었다. 노르스름 군침 도는 고운 빛깔의 엿가락 두 개가 나왔다. 어제 엄마가 나 혼자만 먹으라며 가져다준 엿가락이었다. 사토는 신기한 듯 눈을 깜박이며 물었다.

"이게 뭐야?"

"조선 사탕."

사토는 고개를 갸우뚱하며 말했다.

"아하. 길거리에서 파는 걸 본 적 있어. 어머니가 배탈 나니까 절대 사 먹지 말라고 신신당부하셔서 먹어본 적은 없지만."

그 말을 듣는데 기분이 조금 묘했다. 엿을 먹으면 배탈이 난다니? 듣도 보도 못한 말이었다. 나는 살면서 단 한 번도 엿 먹고 배탈 난 적이 없는데.

"이건 배탈 안 나."

나는 사토를 안심시켜 주고 싶어 그리 말했다. 그러자 그 애는 대단한 용기를 끌어올리는 표정으로 엿가락을 향해 손을 뻗었다. 이왕이면 맛있어하면 좋겠다. 나는 쓴 탕약 그릇을 내 앞에 놓고 오매불망 내가 먹기를 기다리는 엄마처럼 생각했다.

때마침 전차가 멈추었다. 엿가락 _끄트머리_를 주저하며 건드렸던 사토의 손이 쏜살같이 제자리로 돌아갔다. 한 떼의 어른들이 전차에 타고 내렸다. 어제, 그저께와 똑같은 지루한 풍경이었다.

그런데 오늘따라 사토의 표정이 달랐다. 사토는 뚫어져라 맞은편을 바라보고 있었다.

"왜 그래?"

내가 묻자, 사토는 시선을 눈앞에 고정한 채 낮은 목소리로 내게 물었다.

"영수. 넌 어떻게 생각해?"

"무얼 말이야······?"

쿵, 쿵.

또다시 가슴이 멋대로 뛰기 시작했다. 사탕처럼 달콤한 리듬이 내 온몸을 울린다.

사토는 뺨이 서로 맞닿을 만큼 바짝 내 얼굴에 제 얼굴을 가져다 댔다. 그 애 볼에 돋아난 솜털이 느껴졌다. '행복한 왕자'처럼 심장이 터져 버리지 않도록 나는 손바닥을 가슴 한가운데 대고 세게 누르며 사토의 입에서 떨어질 선언을 기다렸다.

'영수, 실은 너를 좋아해. 나도 너를 처음 본 순간 한눈에 반했어.'

아, 사토가 이런 고백을 해오면 나는 뭐라 대답해야 좋을까? 부끄러워서 어물거리기는 싫다. 최대한 멋지게 대답해 주고 싶다. 하지만 현실은 그 자리에서 기절하지나 않으면 다행일 터. 그래, 처음부터 너무 높은 목표를 잡지 말자. 일단 기절하지만 말자.

마침내 사토의 입에서 말이 떨어졌다.

"저 사람."

"…… 응?"

"네 바로 맞은편에 앉은 저 사람 말이야."

사토는 턱짓으로 맞은편 의자를 가리키며 말했다.

우리 맞은편에는 어른 여럿이 나란히 앉아있었다. 곰방대를 입에 문 할아버지, 머리에 쪽을 진 할머니, 평범한 대학생 형, 그리고 격자무늬 저고리에 물빛 치마를 깔끔하게 차려입고 비단 가방을 든 여자 어른이었다.

"저 사람이 누군데?"

"E 고등여학교 선생님."

그렇구나. 하지만 그게 나랑 무슨 상관일까? 사토하고는 또 무슨 상관이고. 나는 멍하니 여학교 선생님의 가느다란 손가락과 그 손가락이 꼭 붙들고 있는 가방을 바라보았다. 수수하지만 튼튼하고 좋아 보이는 가방이었다.

사토가 속삭였다.

"곱지 않아?"

"뭐가?"

"녀석, 또 순진하게 구네."

사토는 픽 웃으며 내 어깨를 손등으로 살짝 쳤다. 나는 사토가 무슨 말을 하는 건지 전혀 알 수 없었다. 실은 알고 싶지 않았다.

"미인이잖아. 한번은 무슨 서류를 읽길래 살짝 훔쳐봤거든. 그래서 E 여학교 선생님이라는 걸 알게 됐어. 그 학교, 조선 여학교 중에는 상당한 명문 학교라면서?"

"그래. 그런데 왜 저분을……."

"영수, 아무튼 저 여선생 정말 곱지 않아? 피부도 희고, 몸매도 날씬하고. 우리 학교 근처에도 여학교가 있지만, 학생이나 선생들이나 하나같이 호박이거든. 정말 비교된다."

이렇게 수다스러운 사토는 처음이었다. 나는 사토가 열정

적으로 쏟아내는 말을 들으며 여학교 선생님의 얼굴을 바라보았다. 얼굴이 좀 하얗긴 해도 미인이라는 생각은 안 들었다. 애초에 나는 그 선생님이 곱건 못나건 아무런 관심도 없었다. 내 관심을 끄는 사람은 단 하나 사토뿐이니까.

사토는 선생님을 바라보며 혼잣말처럼 중얼거렸다.

"내가 먼저 말 걸어봤자 상대도 안 해주겠지? 나 같은 중학생은 코흘리개 취급할 게 뻔해."

그 애의 눈빛과 목소리에 묻어나는 쌉싸름한 맛을 나는 너무나 잘 알았다. 그 애의 마음은 나 혼자 그 애를 바라보기만 하던 시절의 내 마음과 똑같았다. 가슴이 더 이상 두근거리지 않았다. 대신 욱신욱신 아파지기 시작했다.

내가 좋아하는 아이는 내가 아니라 선생님을 좋아하고 있었다.

어떻게 하루를 보냈는지 기억도 나지 않았다. 집에 돌아온 나는 곧장 방에 틀어박혔다. 이불을 뒤집어쓴 채 저녁 밥상을 물리고 문을 잠갔다.

"애, 영수야! 무슨 일이야. 밥은 먹어야 할 거 아니야?"

어머니와 누나들이 돌아가며 난리 피우는 소리를 들으며,

나는 베개를 끌어안고 울었다. 참으려 애를 써도 눈물이 하염없이 쏟아졌다.

사토가 좋아한 사람은 어른이고, 여자인 선생님이었다. 사토는 나를 좋아한 게 아니었다.

모든 것이 나 혼자만의 착각이요, 망상이었다. 지난 일주일간 나 홀로 개꿈을 꾼 셈이었다.

비참하고 창피했다. 나는 밥 먹을 자격도 없는 바보다. 만일 내가 사토에게 선불리 고백이라도 했으면 사토는 나를 어떤 눈으로 봤을까? 황당해했을까? 징그러워했을까? 무엇보다 나를 슬프게 하는 건 사토가 나에게 마음이 없다는 사실을 알고서도 그 애가 조금도 싫어지지 않는다는 사실이었다. 외려 더욱 좋아지는 것 같기도 했다. 여전히 사토를 만나고 싶고, 같이 수다도 떨고 싶고, 맛있는 것도 같이 먹고 싶고, 손도 잡고 싶다. 할 수 없다는 걸 아니까 더 간절해진다. 마음이란 내 것인데도 내 마음대로 되지 않는다.

한참 울다가 눈물도 말랐다. 바지 주머니에 손을 넣어 사토가 주었던 빨간 사탕을 꺼냈다. 사탕은 손바닥 위에 달팽이처럼 끈적거리는 흔적을 남기며 들러붙었다. 사탕을 살짝 핥아보자 머리가 찡하니 울리도록 달콤했다. 그러자 멎었던 눈물이 다시 터져 나왔고 나는 베개로 얼굴을 세게 내리눌렀다.

"오늘은 새 옷을 입었네."

나는 말없이 고개만 끄덕였다. 이제는 전차에서 내가 사토에게 말을 거는 일보다 사토가 나에게 말을 거는 수가 훨씬 많아졌다. 기쁘면서도 기쁘지 않았다. 사토가 말하는 내용이라고는 전부 다 맞은편 여학교 선생님에 대한 이야기뿐이었기에.

"구두도 바뀐 것 같아. 안 그래?"

진지하게 말하는 사토의 눈은 맞은편 자리에만 내도록 못박혀 있다. 나는 무뚝뚝하게 대꾸했다.

"그러네. 그런데 발이 크다."

"그래? 큰 편이야?"

"응. 너무 커서 남자 같아."

사토는 외동아들이라 했다. 여자, 그것도 나이 많은 어른 여자에 대해 아는 것이 없다며, 누님들에게 둘러싸여 자란 내 의견을 진지하게 구했다.

"그렇구나. 발이 큰 편이구나."

솔직히 선생님의 발은 크지도 작지도 않았다. 우리 누나들끼리 수다 떠는 걸 들어보면 여자들은 큰 발을 부끄럽게 여기는 모양이었다. 그래서 괜스레 험담한 것뿐이었다. 이런 내가 참 치졸했지만 어쩔 수 없었다. 내 마음을 몰라주는 네가 나빠, 사토.

하지만 사토는 감동했다는 듯 눈을 깜박이더니,

"발이 크니 운동을 잘할 것 같아."

이렇게 뜬금없는 말을 하는 게 아닌가. 나는 어이가 없었다. 서양 동화 《잭과 콩나무》에 나오는 거인처럼 선생님 발이 우람하더라도 사토의 눈에 비친 모습은 신데렐라처럼 사랑스럽게만 보이는 것 같았다. 사랑에 빠진 사람의 눈이란 원래 그런 법이다. 사토가 이토록 갑갑하게 구는 순간에도 내 눈에는 사토가 그저 잘생기고 예쁘게만 보이는 것처럼.

전차가 멈추고 선생님이 일어섰다. 깔끔하게 다린 양단 치마저고리가 사락사락 청량한 소리를 냈다. 나는 그 소리마저 미웠다. 내가 저 선생님이라면 얼마나 좋을까? 나라면 더 예쁘게 차려입을 수 있는데. 화신백화점에서 구두도 더 세련된 걸 사서 신을 자신이 있는데.

하지만 나는 선생님이 아니다. 내가 아무리 선생님보다 예쁜 치마저고리와 구두를 걸친다 한들 그 안에 들어있는 나는 여자 어른인 선생님이 아니라 삼대독자 남학생 김영수일 뿐.

일이 이렇게 됐어도 사토에게 내 마음을 고백해 볼까, 수백 번 고민했지만 차마 용기가 나지 않았다. 어른 선생님을 좋아하는 사토가 동갑내기 남학생을 좋아할 가능성은 지극히 낮았다. 내가 한 번도 여자아이를 사토처럼 좋아해 본 적이 없는 것처럼 사토도 마찬가지일 것이다. 남자인 내가 저를 여선생님 보듯 본다는 사실을 알면 오히려 나를 싫어할지도 모른다. 그리 생각하니 더 두려워 입이 떨어지지 않았다.

나를 이룬 수백 가지 조각 중 단 하나, 사내아이라는 이름의 조각이 나를 온통 뒤덮어 버렸다.

오늘은 사토를 만나는 날이다. 전차 아닌 다른 장소에서.

나는 그 어느 때보다 공들여 깨끗이 씻고 옷매무새를 정성 들여 매만지고 집을 나섰다. 경대 거울이 뚫어지겠다며 놀리는 누님들을 뒤로하고 약속 장소인 파고다 공원으로 향했다.

"이것 한번 봐줄래?"

만나기 무섭게 사토가 내게 들이민 것은 공책에 끼운 푸른 빛 편지지였다.

"이게 무언데?"

사토는 주먹을 입가에 대고 두어 번 헛기침하더니 쑥스럽다는 듯 말했다.

"연애편지. 너 소설 읽기 좋아한다며. 나는 이런 글은 처음
이라서, 네가 문장을 한번 봐주면 좋겠어."

우르릉, 하늘이 무너지는 소리가 들리는 것 같았다. 정말
로 너무하는구나, 너는.

하지만 나는 사토의 첫 연애편지를 꼼꼼히 읽고 감상을
전해주었다. 심지어 내 생각에 더 로맨틱한 문장을 지어내 주
기까지 했다. 사토는 우등생답게 진지한 태도로 연필을 꺼내
공책에 내 조언을 하나하나 새겨 적었다. 그 성실한 표정이
너무 멋져서 어쩔 수가 없었다. 나는 천하의 바보다.

"다음 주 월요일 방과 후에 학교 앞으로 찾아가서 전할 생
각이야."

사토는 선생님에게 고백할 계획을 나에게 털어놓았다. 나
는 발끝으로 돌부리를 툭툭 차며 중얼거렸다.

"음, 좀 당황하시지 않을까?"

"예의 바르게 굴면 괜찮지 않을까."

"하긴, 남학생들한테 하도 많이 받아서 별로 신경 쓰지 않
을지도."

사토는 나의 가시 돋친 대답에는 눈곱만치도 신경 쓰지

않는 기색이었다. 선생님으로 가득 찬 그 애의 세상에 나는 쏙 빠지고 없었다.

만일…… 내가 첨삭해 준 사토의 연애편지가 힘을 발휘해 선생님이 사토의 고백을 받아들인다면?

선생님과 사토가 연인 관계로 맺어진다면? 사토는 나에게 고마워할까? 나는 뿌듯해할까? 두 사람 사이에서 사랑의 큐피드 역할을 해준 것에 그저 만족하면서?

그럴 리가 없잖아.

그런 일은 일어나서는 안 돼.

"고맙다, 영수. 이 빚은 내가 꼭 갚을게."

공원 입구에서 헤어지면서 사토는 내 손을 굳게 잡았다. 나는 사토의 희고 고운 손을 내려다보며 아무 말도 하지 않았다.

흙먼지를 뿜으며 전차가 도착했다. 나는 사람들과 뒤엉켜 전차에 올라탔다. 맨 앞칸으로 향했다. 내가 사토를 오매불망 기다리던 자리에 그 선생님이 앉아있었다.

관찰한 바에 따르면 선생님은 우리 동네보다 윗동네에서 전차에 탔다. 아무것도 모르는 선생님과 함께 전차에 탄 채 사토가 타는 황금정까지 내려가는 삼십여 분의 시간은 너무

나 길고 지루하고, 잔인했다.

나는 심호흡을 하고 선생님 옆자리에 앉았다. 선생님은 책에 폭 빠져있었다. 나도 재미있게 읽은 프랑스 소설 《레 미제라블》을 읽고 있었다. 독서 취향이 나쁘지 않으시네. 하지만 사토는 소설을 그다지 좋아하지 않는답니다.

"다음은 황금정 입구, 황금정 입구요."

차장 아저씨가 외쳤다. 나는 바짝 말라붙은 입술에 침을 축이고 입을 떼었다.

"실례합니다, 선생님."

선생님이 고개를 들고 나를 빤히 쳐다보았다. 엄한 빛을 띤 눈동자가 꼭 날 야단칠 때의 큰누나 같았다. 무릎 위에서 꼭 쥔 손아귀 안에 식은땀이 고였다. 나는 대본 연습을 하는 연극배우다…… 속으로 뇌며 단숨에 토해내듯 말했다.

"선생님을 사모하는 사람이 있어요."

선생님의 근엄한 표정이 한순간 무너지며 어린아이처럼 흐릿해졌다.

"뭐라고?"

"다음 역에서 탈 겁니다. K 공립중학교 학생이고요. 러브레터도 준비했다네요."

이윽고 선생님의 표정이 급속도로 싸늘해졌다. 나의 예상보다 훨씬 더.

황금정 입구에서 전차가 멈추고 사람들이 올라탔다. 인파 속에 사토의 잘생긴 얼굴이 보였다. 사토는 먼저 선생님을, 그다음에 나를 보았다. 대번에 표정이 밝아졌다. 비뚤어지지도 않은 교모를 고쳐 쓰며 나와 선생님을 향해 빠르게 걸어왔다. 희망에 찬 얼굴. 내가 남몰래 그 애를 보던 때와 꼭 같은 얼굴을 하고.

"요 대가리에 피도 안 마른 것들이!"

벽력같은 고함이 귀청을 때렸다.

선생님은 자리를 박차고 일어나더니 책을 든 손을 지휘자처럼 마구 휘두르며 조선말로 나와 사토를 향해 호령했다.

"뭐? 러브레터? 웃기고 앉아있네. 어디서 감히 선생님한테 장난질이야? 쥐방울만 한 것들이 공부는 하지 않고, 불량스러운 생각만 머릿속에 가득해서는!"

사토는 그 자리에서 얼어붙었다. 선생님의 말씀을 알아듣지는 못해도 감정은 충분히 느끼는 듯했다. 누가 보더라도 선생님은 화가 나서 펄펄 뛰고 있었으니. 심지어 선생님은 유창한 일본말로 야단을 치기 시작했다.

정거장에서

"응, 그래. K 중학교? 그 대단한 학교에서는 공부 대신 연애편지 쓰기나 가르치는 모양이지? 내 조만간 너희 학교에 찾아갈 테니 두고 보거라."

선생님은 인정사정없이 사토를 꾸짖었다. 일본 아이라고 거리끼는 기색도 전혀 없었다. 사토는 얼음물에 빠진 사람처럼 시퍼렇게 질린 채 아무 말도 못 했다. 그 애의 오른손에는 흰 편지 봉투가 들려있었다.

사람들이 웅성거렸다. 재미있다는 듯 손뼉을 치는 사람도 있었다. 차장 아저씨까지 표 끊을 생각도 하지 않고 실실 웃고 있었다. 완전히 구경거리였다. 다음 정거장에서 선생님은 뒤도 돌아보지 않고 전차에서 내려버렸다. 마지막으로 한마디를 남기고서는.

"재수가 없으려니까. 세상이 망하려고."

우리는 전차에서 내렸다. 정거장 앞 큰 벚나무에서 꽃이파리가 수없이 떨어져 흙바람을 타고 날벌레처럼 어지럽게 날아다녔다.

사토는 입을 한일자로 굳게 다문 채 정거장을 떠나지 않았다. 나도 그 애 곁에서 떠날 생각을 못 했다.

"그 선생님 너무하셨다. 그렇게까지 말할 건 없는데."

나는 한참 눈치를 보다가 조심스레 말을 꺼냈다. 내가 던진 폭탄의 충격파가 얼마나 거대할지 가늠하기 어려웠다.

내가 왜 그랬을까? 마음먹고 계획적으로 벌인 일은 아니었다. 거의 충동이었다. 그저 나는…… 더 비참해지기 싫어서 그랬다. 사토가 선생님과 연인 사이로 맺어지는 것만큼은 죽어도 보기 싫었다. 어떻게든 막고 싶었다.

그래, 심술이었다. 질투였다. 못나고 옹졸한 마음으로 벌인 짓이었다. 하지만 사토를 좋아하니까. 누군가를 좋아하는 마음이 마냥 예쁘고 곱기만 할 순 없다는 사실을 나는 뼈아프게 깨우쳤다.

"왜 말했어?"

한참 만에 사토가 입을 열었다. 나는 반갑고 두려운 마음으로 그 애를 바라보았다.

"왜 말했냐고! 코노야로(이 자식아)."

눈앞이 아찔해졌다. 그 애는 눈을 부릅뜨고 나를 노려보며 숨을 몰아쉬고 있었다. 지금껏 한 번도 본 적 없는 사나운 얼굴이었다.

"나, 나는 그냥, 나도 모르게……."

미안해, 사과하려는 찰나 사토가 들고 있던 연애편지를

바닥에 냅다 팽개치더니 두 손을 와락 뻗쳐 내 멱살을 비틀어 쥐었다.

"야! 이 여보 자식이, 네가 뭔데 감히 입을 놀려?"

귓속에서 징 소리가 울렸다. 지나가던 두루마기 차림의 할아버지가 눈을 크게 뜨고 우리를 쳐다보았다. 사토는 내 목을 졸라버릴 기세로 마구 잡아 흔들며 욕설을 퍼부었다.

"여보 놈이랑 어울려 준 내가 멍청이지. 어머니 말씀이 맞았어. 여보들은 입만 열면 거짓말이고 숨만 쉬면 남 뒤통수칠 궁리뿐이라고."

숨이 탁 막히고 눈앞이 노래졌다. 벌겋게 핏발 선 사토의 눈에서 도깨비불이 활활 타오르고 있었다. 사토는 움켜쥔 주먹을 높이 치켜들었다. 나도 모르게 눈을 꽉 감고 이를 악무는 찰나 멀찍이서 자전거 탄 순사 아저씨가 모습을 드러냈다. 사토는 어쩔 수 없다는 듯 주먹을 내리더니 나를 사정없이 밀어젖혔다.

"한 번만 더 내 앞에 얼쩡대기만 해. 죽여버릴 테니까."

흙바닥에 엉덩방아를 찧으며 나동그라진 내게 사토가 남긴 마지막 말이었다.

'여보'는 조선 사람을 낮추어 보는 욕설이다.

내가 어릴 적 친구분 회갑 잔치에 다녀오신 할아버지가 느닷없이 자리보전하고 누운 일이 있었다. 할아버지는 약주 한잔을 드시고 휘청거리며 언덕길을 오르다 맞은편에서 짐을 들고 급하게 달려오던 일본 청년과 어깨를 세게 부딪쳤다. 짐을 바닥에 떨어트려 화가 난 청년은 할아버지에게 대뜸 일본 말로 욕을 퍼부었다. 할아버지는 점잖게 사과하셨지만, 일본 청년은 조선말을 알아듣지 못했다. 마구 쏟아지는 일본말 중 할아버지가 알아들으신 유일한 조선말은 '여보'였다.

여보는 조선 사람들끼리 쓰면 조금도 나쁜 뜻이 없는 말이다. 친하지 않은 사람들이 서로를 부를 때 으레 '여보' 하고 부른다. '여보, 질문이 있소만', '여보, 쌀 한 홉에 얼마요?' 하고. 그토록 평범한 조선말이 일본 사람의 입에 오르면 조선 사람을 비하하는 욕설이 되어버린다. 하지만 그 말을 입에 올리는 일본 사람들은 별생각이 없어 보였다. 뭐 그리 기분 나빠 하느냐며 도리어 적반하장으로 나오는 일본 사람을 본 적도 있다.

나의 첫사랑은 절대로 들어서는 안 될 말과 함께 끝을 맺었다. 얼굴 붉은 일본 도깨비처럼 사납게 일그러진 사토의 얼굴이 사진처럼 머릿속에 선명히 찍혀 사라지지 않았다. 황금정의 왕자님은 도깨비가 되어 나를 저주했다. 나는 《행복한 왕자》에 나오는 제비처럼 심장이 터질 것 같았다.

집에 돌아온 나는 할아버지처럼 방에 누워 한참을 앓았다. 어머니와 누님들이 안달복달하며 나를 돌봤다. 사흘 만에 겨우 일어나 밥술을 떠넣었다.

그 후로 나는 학교 갈 때 전차를 타지 않았다. 버스를 네 번 갈아탄 뒤 걸어서 빙빙 돌아갔다. 덕분에 한 시간이나 더 일찍 일어나야 했지만 어쩔 수 없었다. 사토랑 다시 마주치면 정말 죽을 것 같아서. 화가 있는 대로 난 그 애한테 맞아 죽을까 봐? 아니, 사무치는 부끄러움에 나 스스로 죽어버릴까 봐.

결코 다시는 사랑 따위 하지 않을 테다. 죽을 때까지 두 번 다시는.

꽃이 다 져버린 목련을 노려보며 나는 마음속으로 굳게 맹세했다.

길 한가운데서 버스가 갑작스레 멈춰 섰다. 운전사 아저씨는 차에서 내려 엔진을 살피고서는 혀를 차며 사람들에게 내려서 다음 차를 타라고 명했다. 툴툴대며 내리는 사람들과 함께 나도 차에서 내렸다. 다음 버스를 기다릴까 고민하다가 그냥 걸어가기로 마음먹었다.

낯선 동네였다. 나는 학교 방향을 어림잡으며 무작정 걸었다. 어느새 오월이었다. 해가 빠르게 하늘 가운데로 솟아올랐다. 이마에 송골송골 땀이 맺히고 목이 탔지만 어쩔 수 없이 계속 걸었다. 한 시간 넘게 걸었지만, 주변 풍경은 변함없이 낯설었다. 길을 잃은 걸까? 나는 눈앞에 보이는 은행나무 둥걸에 기대어 잠깐 쉬었다.

아침 조례 시간까지 십 분밖에 남지 않았다. 이래서는 꼼짝없이 지각이다. 그냥 기다렸다가 버스 탈걸. 후회해 봤자 늦었다. 나는 만날 후회할 일만 하지.

"괜찮아?"

누군가 물었다. 그 말이 나더러 하는 말이라고는 생각도 못 한 채 기운 없이 고개를 들었다.

처음 내 눈에 보인 건 커다란 자전거 바큇살이었다. 이어서 안장 위에 앉은 사람이 보였다. 덩치 큰 어른인데 학생복 차림이었다. 널찍한 등을 가로질러 책보자기가 단단히 묶여 있었다.

"그러다 더위 먹는다?"

정거장에서

그 사람은 책보자기를 가슴 쪽으로 돌려 메더니 엄지손가락으로 자전거 뒤쪽을 가리켰다.

"타, 쓰러지기 전에."

나는 손등으로 이마를 훔치며 그 사람의 얼굴을 마주 보았다. 햇볕에 타서 가무잡잡한 얼굴이었다. 턱은 네모지고 눈썹이 굵었다. 머리에 쓴 교모 한가운데 수놓아진 우리 학교 교표가 반짝이고 있었다. 우리 학교 학생이었구나. 멍하니 생각하는데 그 사람이 갑갑한 듯 큰 소리로 다시 말했다.

"안 탈 거면 그냥 간다."

나는 등 떠밀린 듯 자전거에 허둥지둥 올라탔다. 그 사람이 영차, 하고 힘주어 페달을 밟았다.

"일 학년? 이 학년?"

자전거 손잡이를 능숙하게 돌리며 그 사람이 물었다. 나는 기어드는 소리로 대답했다.

"이 학년이요."

그러자 그 사람은 큰 소리로 웃으며 말했다.

"쪼그매서 일 학년인 줄 알았네. 밥 많이 먹어라."

기분이 조금 나빴다. 저는 삼 학년 선배고 덩치도 크다, 이거지.

선배의 자전거는 덜덜거리며 열심히 달렸다. 풍경이 빠르게 바뀌며 눈에 익은 거리가 멀찍이 보이나 싶더니, 가파른 내리막길이 나타났다. 선배가 소리쳤다.

"꽉 잡아!"

나는 엉겁결에 선배의 등을 두 팔로 꽉 껴안았다. 넓고 단단한 등에 내 가슴이 바짝 맞닿으며 쾅쾅 뛰는 심장 고동이 느껴졌다. 사토와 끝난 뒤로 내 심장은 두 번 다시 뛰지 않는 줄로만 알았는데 아주 멀쩡하게 잘만 뛰고 있었다.

학교에 도착하면 혹시 소설책을 좋아하시느냐고 물어나 볼까? 그 전에 이름부터 물어봐야 하나.

선배의 뒷덜미에 뺨을 댄 채 내 머릿속은 다시 한번 분주해지기 시작했다.

제비가 쏜살같이 하늘을 가로질렀다. 새 왕자님과 함께 여름이 찾아오고 있었다.

클클문고는 1318 청소년을 위한 문학 시리즈입니다. 다양한 장르의 이야기를 통해 나를 사랑하는 마음을 키우고, 더 넓은 세상을 바라보도록 돕는 청소년들의 속 깊은 친구입니다. 시공간을 넘나드는 상상력과 밤새워 읽는 재미, 뭉클한 감동과 '아하!' 깨달음을 주는 지혜로 가득한 클클문고는 우리 아이들과 함께 고민하고 함께 꿈꾸며, 두근두근 신나고 멋진 미래를 만드는 데 작은 힘이 되겠습니다.

클클문고의 책들

5·18 민주화운동 40주년 기획 소설

저수지의 아이들

정명섭 지음 | 12,000원

1980년 5월 18일, 당시 광주에서 일어난 '저수지 총격 사건'과 '미니버스 총격 사건'을 모티브로 한 책. 한 번도 다뤄지지 않았던 무고한 소년 희생자들에 주목한 저자는 생생한 고증과 묘사로 독자 스스로 자연스럽게 역사의 현장으로 다가갈 수 있도록 이끌어준다.

'말'이 '칼'이 되는 순간

취미는 악플, 특기는 막말

김이환 · 정명섭 · 정해연 · 조영주 · 차무진 지음 | 13,000원

젊은 작가 5인이 각기 다른 사회적 시선에서 '말'에 대한 이야기를 흥미롭게 풀어낸 이 책은 왕따, 사이버폭력, 질투와 시기 등 현재 청소년들이 겪는 문제들을 현실감 있게 그려내고, 말의 가치와 무게에 대해 생각해볼 수 있는 화두와 상상력을 제공한다.

한국전쟁 71주년 기획 소설

1948, 두 친구

정명섭 지음 | 12,000원

해방 후 남한으로 피난을 온 희준과 일본 오사카에서 귀국한 주섭. 마음이 통하는 친구를 만난 즐거움도 잠시, 총선거를 앞두고 치열했던 이데올로기의 대립은 두 친구에게도 들이닥친다. 10대들에게 전쟁의 폭력과 평화의 필요성을 일깨워주는 작품.

나를 즐겁게 하는 것들과 나 자신 사이의 적정 거리

자꾸만 끌려!

김이환 · 장아미 · 정명섭 · 정해연 · 조영주 지음 | 13,000원

이 책은 스트레스로부터 벗어나고 더 행복해지기 위해 시작한 것들에 '중독'되어 일상이 파괴되는 청소년들의 모습을 솔직하게 보여준다. 10대들의 삶에서 떼려야 뗄 수 없는 요소가 된 스마트폰과 게임, 다이어트를 비롯해 인정과 관계 중독까지, 다층적인 시선으로 청소년들의 마음 건강을 위협하는 문제들을 다룬다.

성장통 이후에 깨닫는 나다움의 의미

어느 날 문득, 내가 달라졌다

김이환 · 장아미 · 정명섭 · 정해연 · 조영주 지음 | 13,000원

모두가 한 번쯤 성장통처럼 겪는 10대의 몸에 관한 이야기를 독특하고 흥미롭게 풀어내는 단편소설집. 젊은 작가 5인은 이 작품에서 섬세한 언어로 낯설고 당황스러운 몸에 관한 10대들만의 감정을 풀어낸다.

너무 힘들 때, 나를 보호해줄 유리가면이 있을까?

유리가면 : 무서운 아이

조영주 지음 | 13,500원

이 책은 왕따 문제뿐만 아니라 자신의 진로를 찾지 못해 고민하고, 친구들의 삶을 곁눈질하는 데 익숙한 청소년들에게 삶의 중심에 무엇을 둬야 하는지 생각해보도록 돕는다. 또한 우정은 한쪽의 희생이 아니라 서로의 존재를 인정하는 것임을 따스한 시선으로 보여준다.

엄마가 좀비가 된다면 어떻게 할래?

엄마는 좀비

차무진 지음 | 13,500원

이 책은 중학교 3학년인 녹현이의 시점으로 좀비 사건을 둘러싸고 벌어지는 가족과 친구들 사이의 소동을 그려냈다. 녹현이는 엄마를 회복시키기 위해 노력하며 사랑이란 추상적인 감각이 아니라 누군가를 돌보고, 또 그를 이해하려는 의지이자 행동임을 배워간다.

(생각학교 클클문고)

보이 코드

초판 1쇄 인쇄 2023년 6월 15일
초판 1쇄 발행 2023년 6월 20일

지은이 | 이진, 전건우, 정해연, 조영주, 차무진

발행인 | 박재호
주간 | 김선경
편집팀 | 강혜진, 이복규, 허지희
마케팅팀 | 김용범
총무팀 | 김명숙

디자인 | 디자인 잔
일러스트 | 남수
교정교열 | 김선례
종이 | 세종페이퍼
인쇄·제본 | 한영문화사

발행처 | 생각학교
출판신고 | 제25100-2011-000321호
주소 | 서울시 마포구 양화로 156(동교동) LG팰러스 814호
전화 | 02-334-7932 **팩스** | 02-334-7933
전자우편 | 3347932@gmail.com

ⓒ 이진, 전건우, 정해연, 조영주, 차무진 2023

ISBN 979-11-91360-77-6 (43810)